JN088408

「今日も暑いね」

「そうだね」

頷きながら傍らを見る。

見えた光景に不意を衝かれ、
鼓動が高鳴った。

Shiori Yomiuri
読売栞

Erina Kozono
小園絵里奈
Saki Ayase
綾瀬沙季

「アクセル、
踏ませてくれないか」

アルバイト先の休憩室トーク

うわ〜ん、就活つかれたよぉ
いいなぁ若者たちは。悠々自適な青春生活が送れてさぁ

俺も綾瀬さんも今年大学受験なんですが…

そこはすでに通った道だもーん。すでにその苦労をしたあとのわたしなんだから、とーぜんわたしのほうがつらいのだ。えっへん

屁理屈すぎる…

つらいこと競争…って意味なら、私はそもそも土俵に上がれないかも

どういう意味です？

受験勉強。しっかりしなきゃ、ってプレッシャーはあるけど。つらくはないかな
目的に近づいてる実感があるから。むしろ早く本番を迎えたい

わお、ストイック

アスリート！って感じでカッコいいですね！

さすが綾瀬さん

や、そんな褒めなくても…。やめて、照れる

しかしそうなると絵里奈ちゃんがいちばん羨ましいなぁ。
高校一年。もっとも受験が遠いお気楽ポジション

む。ひどいですよ。あたしだって高校受験を乗り越えてきたばっかりなんですから！

そういえば絵里奈ちゃんって、高校どこだっけ？

青木国際です。目黒の、あっちのほうの

あそこか〜。どうりで髪型と髪色が自由なわけだ！

自由な校風のところですよね。文化祭が毎年たのしいって噂の

そうそうそこです。浅村先輩たちもうちだったらよかったのに。
ピアスで、髪を染めてってやったら、浅村先輩めっちゃモテますよ

いや、それはいいかな…そんなのでモテるとも思えないし

…………

ところで後輩くんたちが通ってる水星高校と、どっちが偏差値高いの？

うっ

やめましょう、読売先輩。それは戦争の火種になります

義妹生活10

三河ごーすと

MF文庫J

Days with my Step Sister

Contents

10

{口絵・本文イラスト} Hiten

ただ存在するだけで愛される、そんな幸せな人間は実在しない。——なぜ、そう思う？

●プロローグ　浅村悠太《あさむらゆうた》

高校生活における3回目の、最後の夏休みが始まった。

バイト先の書店がある渋谷《しぶや》駅のほうへと向かって歩いていた。義妹《ぎまい》であり恋人でもある綾瀬《あやせ》さんと、手こそ繋《つな》いではいないが、時折り手の甲が触れる距離で並んでいた。

渋谷の駅前が目の前に広がる。

駅の上に広がる空は青く、午前中だというのに日差しはすでに強くて、暑い。アスファルトからの反射光だけで目の奥が痛かった。

「浅村くん？」

綾瀬さんの声にはっとなる。

気づけばスクランブル交差点の信号は青へと変わり、綾瀬さんが歩き出していた。俺は慌てて彼女を追いかけた。

渡り切った先にある書店のドアをくぐる。

建物の中に入ると、涼しい空気に包まれて息苦しさが嘘《うそ》のように和らいだ。ほっと息をついてしまう。

男性用更衣室で制服に着替えてから事務所に顔を出すと、昼前からシフトだったバイトの子が昼食を取っていた。

新人の、ええと、小園絵里奈《こぞのえりな》さんだ。最近はシフトが合わなかったので、小園さんの顔を見るのは久しぶりだった。

「こんにちは、小園さん」

「浅村先輩、こんにちはです！」

「小園さんも、もしかしてもう夏休み？」

「はい！　浅村先輩もですか？」

俺は頷《うなず》いた。

「午前中から入ってたんだね」

「はい。だから、あたしはもうちょっとであがらせてもらうんですけど。先輩はこれからなんですね。残念です。あたしもひとつ遅いシフトに入れておけばよかったなぁ。もっといっぱい教えてほしいことがあるのに」

人懐っこい笑みを浮かべながら小園さんが言った。

「小園さんはもう俺から教わることなんてないって。店長も覚えが早いって褒めてたし」

「そんなことないです」

ドアの開く音がして綾瀬さんが入ってきた。

「こんにちは」

「あ……。綾瀬先輩、こんにちは」

「え。あ、ええと、小園さん、こんにちは」

おや、と思った。

綾瀬さんが入ってきて思わず振り返ってしまい、それから視線を戻したのではっきりとはわからなかったけれど、元気な小園《こぞの》さんにしてはやや遠慮がちで、声も小さいなと思ったのだ。

綾瀬さんのほうもちょっと声を掛けるのを躊躇《ためら》った印象がある。

「なになに？　どした？」

聞こえた声にまたも振り返る。

ドア前から慌てて体をどかした綾瀬さんの向こうから店の制服を着た女性がひょこっと顔を覗《のぞ》かせる。読売《よみうり》先輩だ。手にはランチボックス。先輩も昼休憩か。

「おー、なにげに読売ジュニアーズが揃《そろ》ったねー」

どこかのスポーツチームみたいに言われた。

でもまあ確かに俺たち……俺と綾瀬さんと小園さんは、みんなこのバイト先では読売先輩の後輩《ジュニア》なのだけど。

「若くてぴちぴちの後輩に囲まれてると、わたしも若返るよぅ」

読売先輩はランチボックスを長テーブルに置くと、そのまま流れるような動作で給茶機でお茶を淹《い》れてから着席する。

俺と綾瀬さんもとりあえず腰を下ろした。バイト開始の時間までまだ10分ほどある。

「うーん、若者のオーラがまぶしい。後輩の放つ光を浴びてると元気になる。これこそが若返りの妙薬。ご飯のおかずには丁度いいねぇ」

「今度からカーミラ先輩ってお呼びしましょうか？」

「血は吸わないから安心して！　あ、カーミラだったら、浅村《あさむら》くんは安心か」

「そういう問題じゃない気がしますが」

カーミラは女吸血鬼だが、襲う相手は美少女なのである。いや、俺は美少女になりたいわけでも、美少女扱いされないことが不満なわけでもないのだが。

幻想文学にはあまり関心がないらしい綾瀬さんと小園さんは揃って同じ角度に首を傾《かし》げていた。

いつものことだけれど、読売先輩のジョークは専門的すぎて、笑う前に首を傾げられる確率のほうが高い。とはいえ、その手の冗談をわかる人以外にはあまり披露しない人でもあって（煙《けむ》に巻くときはともかく）珍しいことでもあった。

実際、苦笑とはいえ笑ったのは俺だけだ。

「よくわかんないけど、えと、お世話になってます」

ぺこりと小園さんが頭を下げたものだから、読売先輩は傍《そば》に座っている後輩の頭を撫《な》でまわした。

「かーわいい。わかんなくていいんだよぅ。お姉さんがちょっとずつ手取り足取り腰取り教えてあげるからねぇ」

「は、はい」

「セクハラの内容が昭和すぎます。コンプラ案件ですよ」

「腰だけで下ネタを連想するとは。いやらしいな、後輩君は」

いやらしいのはどっちなのだか。相変わらず息を吸うように下ネタを言う先輩だった。

先輩らしさは受け入れたいけれど、こういうところは無理に見習うようなことでもない。

綾瀬《あやせ》さんが事務所に入ってきたときに流れた妙な緊張感のようなものは、いつの間にかなくなっていた。すこしだけ場が和んでいる。読売《よみうり》先輩がはからってくれた結果なのかどうかは謎だけれど。

「まぁ、そんな話はどうでもいいとして。それより後輩君、ちょっと見ないうちに日焼けしてないかい？」

親指と人差し指で小さな小さな虫眼鏡を作り、にやりと笑みを浮かべながら言った。

「そんなですか？」

気づかれるほど焼けたとは思わなかった。鏡を見てもふだんと何も変わったように見えなかった。読売先輩は俺のことをじろじろと観察した後で、隣の綾瀬さんの顔も同じようにじぃっと見つめた。

「ちょーっとだけどね。でも、この名探偵の目は誤魔化《ごまか》せないよ？　さあさあ白状して。沙季《さき》ちゃんと同じくらい焼けてるってことはふたりでどこかに行ったね」

妙な勘ぐられ方をされてもなぁ、と俺は説明することにした。

「うちの野球部の、甲子園地区予選の応援に行ったんですよ」

「沙季ちゃんもかぁ。相変わらず仲良しだねぇ」

「そりゃ、クラスメイトですし」

ここで否定しすぎないことが重要だ。外ではより近く、だ。綾瀬さんは、俺といっしょに居られる場所で他人のふりをしつづけた為《ため》に微《かす》かな心の歪《ゆが》みを生じさせてしまったのだから。

俺の言葉の意味を汲《く》み取《と》ったのか綾瀬さんが補足する。

「クラスの人も大勢行ってたし。共通の友達が頑張ってる大会だったから」

やや照れが混じっていたので、聞く人が聞けばそれこそ勘ぐられてもしかたない言い方だったけれど、幸いにも読売先輩はそれ以上は突っ込んでこなかった。

「いいなぁ～、同じ高校ってうらやましい」

そう言った小園《こぞの》さんも、何か含みがあるようには感じられなかった。

ところが読売先輩は小園さんの言葉を聞いて、ここぞとばかりに言い出した。

「だよねー！　うらやましいよねー！」

「ええ。うらやましいです。浅村《あさむら》先輩は野球に詳しいんですか？」

「詳しいってほどでは。ふつうかな」

「あたしは全然です。いっしょに行って、色々教えてほしかったなぁ」

「後輩君も沙季ちゃんも説明上手だからねぇ。教えてもらってても感じるでしょ？」

「えっと……。はい」

「だよねだよねー。あー、わたしも君たちといっしょに高校に通いたかったよぅ」

お箸を握り持ちしながら、ぶんぶんと首を振って駄々《だだ》をこねた。これでも読売《よみうり》先輩は、あの名門・月《つき》ノ宮《みや》女子大に通う才女なのだが。ちらっちらっと俺のほうへ視線を投げては何かを目で訴えるという行為を繰り返し——。

俺は溜息《ためいき》をついた。

どうやら俺は先輩から何かをお願いされることになるらしい。

「と言っても、読売先輩は大学生どころか、もう社会人になるわけで、今さら高校生活に戻れませんよね」

「だからこそ、残されたこの時間を大切にしたいの」

ドラマのヒロインみたいなことを言いだしたぞ。

「具体的にはどう大切にしたいんですか？」

「海行きたいなぁ、バーベキューしたいなぁ」

「俺、今年受験生なんですが」

「でもわたし、このバイト先は今年で最後だよ？　最後の夏の思い出だよ？」

「えっ、読売先輩ってやめちゃうんですか」

びっくりした顔をしてから、悲しそうな顔をしたのは小園《こぞの》さんだ。

そういえば彼女にはその話をしたことがなかった。ここまで衝撃を受けているということは、この1か月半ほどで読売先輩にかなり懐いてるってことなんだろう。

たしかにお世話になった先輩の最後の夏に、何も思い出がないというのも寂しいことではあるが……。

「俺を誘わなくても、読売先輩、バイト仲間がいっぱい居ますよね？」

この先輩は店に勤める学生バイトとして最長勤務者なのだ。

そう指摘したら、わざとらしくよろっと体を傾けてみせる。小園さんが、あぶないっ、と支えてあげているがそんな必要はない。ただの演技だ。

「そんな。そんなつもりで見てないよ？　浅村《あさむら》くんならいちばんちょろいから、ちょっと誘えばＯＫしてくれそうで、ついでにお世話好きだから、面倒なことぜんぶやってくれそうだな、とか。浅村くんが居るときに話を持ち出せば、ラクできるし、きっと漏れなく他のジュニアーズも釣れるなあとか、そんなことぜぇんぜん考えてないから！」

「ちょっとは本音を隠す努力をしてください」

はあと俺はふたたびの溜息をついた。

まったくこの先輩は――。

「ほらほら。リトルなガーデンちゃんの目を見て。悲しげな瞳で訴えてるでしょ。先輩ともっといっぱい遊びたいなぁって」

「もし迷惑じゃなければあたし、読売先輩や浅村先輩と遊びに行きたいです！」

「おーおー、愛《う》いやつじゃのー」

またも頭を抱えてぐりぐりと撫《な》でまわしていた。

そして、ちらっちらっと俺のほうを見てくる。

俺は腕を組んで唸《うな》る。まあ、たしかにお世話になってる先輩だし、1日くらいは遊びに付き合っても罰は当たらないのではないかと思えてきた。

どうしようかと悩みつつ、ふと綾瀬《あやせ》さんはどう思ってるんだろうと視線を投げた。

うん？　どういう感情なんだろう、この表情は。

読売《よみうり》先輩と小園《こぞの》さんを見つめる綾瀬さんの顔には、うらやましそうに見えなくもない表情が浮かんでいる。

そういえばかつて綾瀬さんはプールが好きなのに興味のないふりをしていたことがあった。あれももう1年近く前のことか。もしかして海とかバーベキューも好きなんだろうか。

可能性はある。

「確かに読売先輩にはお世話になってます。けど」

俺は、綾瀬さんのほうをちらりと窺《うかが》って視線で問うた。

「読売先輩にはお世話になってるから、私も……嫌ではない、かな」

綾瀬さんも、読売先輩との思い出作りそのものは嫌というわけではないようだ。

何事もメリハリが大事だし、息抜きも大切ではある。

何よりも球技大会のときにも感じたことだけれど、踏み出さなければ得られない感動も経験もあるみたいだ。

ただ、読売先輩は俺のことを「お世話好き」と形容してくれたけれど、俺はどちらかといえば自分のことを出不精で面倒くさがりだと思っている。部屋の中で本を読んでいるほうが楽なたちで、世話好きというのはとんだ誤解だ。

読売先輩の脇にちょこんと座っている小動物系後輩の小園さんを見ながら、元祖小動物系で綾瀬さんの友人である奈良坂真綾《ならさかまあや》さんのことを思い出していた。

世話好きとは、彼女のような人物を指して言うのではないだろうか。

丸《まる》の為《ため》にあんなに走り回って応援団長をしていた。そして、周りの友人たちを引っ張り込んで夏休みなのに球場まで応援ツアーを組んでいた。奈良坂さんのお世話には、企画力と行動力が伴っている。

俺はといえば、昨年の夏のプールのときだって奈良坂さんの企画に乗っかっただけで、綾瀬さんを自分から誘ったことなんて数えるほどしかない。

そう考えると、自分の面倒くさがりに泣けてくる。

それに俺としても読売先輩との、だけでなくて、綾瀬さんとの夏の思い出が欲しくないわけでもないわけで。いや素直に欲しいと言ってしまおう。

「まあ、さすがに旅行は無理ですが、近場でバーベキューをするという企画を立てるくらいなら」

ぱっと読売先輩が俺のほうへと顔を向けた。

目が輝いている。

「わぁお！　後輩君ってばいつのまにそんなに徳を積んだの？」

「混ぜっ返すなら、やめてもいいんですが？」

「うそうそ、うーそ！　やっほーい！　デイキャンプでバーベキューだよぅ！」

「デイキャンプ……日帰りのキャンプってことですか」

読売《よみうり》先輩がニコニコ顔で最近の流行《はや》りだよと煽《あお》ってくる。本当だろうか。

「あ、あたしも！　あたしも行きます！　キャンプでバーベキューしたいです！」

小園《こぞの》さんが真っ先に参加を表明する。

「おっと。新人ちゃんってばグイグイくるねぇ」

「先輩との思い出作りです！」

「ほーん。先輩って、どっち？」

「え？」

「んにゃ、なんでもないなんでもない。気にしないでいいよ。しかし新人ちゃんはホント可愛《かわい》いリアクションするねぇ。愛される天才だよ。可愛すぎるから、もう息してるだけで愛されちゃうって感じー」

そう読売先輩が言ったとき、小園さんが少しだけ表情をこわばらせた気がした。それはほんのちょっとの表情の変化で、彼女はすぐに笑顔を取り戻して言う。

「そんなことないですよー。読売先輩ってばぁ。それは褒めすぎですー」

表情を硬くした、ということは、小園さんは「何もしなくても愛される」という言われ方をされることが好きじゃないのでは、と俺は思った。

つまり、気を悪くしたわけだ。先輩相手だからすぐに表情を取り繕ったけど。

ただ、読売先輩のほうも、会話相手の感情を考え無しに逆なでするような人ではないはずで……なぜそんな言葉をわざわざ投げてみたのか、という気もする。

小園さんが笑顔を保たせつつ言う。

「あたしってば、めっちゃ愛される努力してるんですからぁ」

その言葉を聞いて、読売先輩がまたも何かに納得したかのように頷《うなず》いた。

「まあ、だいたい察したから、わたしもここはひと肌脱ぐとしようかなって、ね」

「ええと……。ひと肌脱いでくれるってことは、先輩が企画までやってくれるってことですか?」

「や、それはやると言ってくれた後輩君に全面的に任せるとしてー」

これを、ぺろっとかわいく舌を出しながら言うのだから、この先輩ときたら。

丸投げされた俺ががくりと肩を落としたものだから、小園さんも綾瀬《あやせ》さんさえも、思わず心からの笑みを零《こぼ》していた。

それでも言い出した本人だからと、デイキャンプができそうな場所については先輩が調べてくれることになった。それを聞いてから詳細を詰めればいいだろう。

あとは他のバイト仲間とかにも参加するかを聞かないといけないが、シフトに穴を空けることになるわけでそこまで大規模な開催は難しいだろう。スタッフを根こそぎ連れて行ったらあとで店長に怒られそうだ。

幸い、最近は前よりも受験勉強が捗《はかど》っている。日帰りキャンプに参加するぐらいなら、勉強時間のロスもストレス発散と相殺できる程度で済みそうだ。

「綾瀬《あやせ》さんはどうする？」

さすがに行きたそうに見えたからと言って、受験生を確定で巻き込めるとは思っていない。親しき仲にも礼儀ありだ。ちゃんと確認を取らないと。

「浅村《あさむら》くんも行くなら」

いいよ、と言った。

俺はそれを聞いてから読売《よみうり》先輩に確認を取る。

「さすがに夜遅くなると厳しいので、行って食べて帰ってくる感じになりますけど、それでもいいですか？」

「もちろんだよぅ」

読売先輩の嬉《うれ》しそうな顔を見て、俺は仕方ないやるかと覚悟を決めた。

バイトは減らしているけれど、その分だけ予備校へ通う日数を増やしている。そこまで自由になる時間が多いわけではない。

高校生活最後の夏は忙しくなりそうだった。


バイトを終えての帰り道。

長い昼もようやく終わり、闇の帷《とばり》が下りて夜になっている。

それでも暑さはまだ続いており、おそらく今夜もまた熱帯夜だ。

　空気はねっとりと重くまとわりついて、手足を振って歩いていても水の中を歩いているよう。隣を歩く綾瀬さんもすこし息を切らして苦しそうだ。

「だいじょうぶ？　早く家に戻ってクーラーにあたりたいね」

　綾瀬さんが頷《うなず》いた。おでこを軽く手の甲でぬぐう。汗が伝って沁《し》みたのだろうか、片方の目だけを細めた。

「でも、浅村くん、バーベキューの企画とか引き受けてだいじょうぶなの？　合宿に行くの、いつからだっけ？」

「8月の2日から。まだ1週間以上あるからだいじょうぶ」

　俺は通っている予備校が主催する勉強合宿に参加することになっていた。雑音の入らない場所で集中して受験勉強ができる。わずか1週間とはいえ、勉強以外にすることがない環境に身を置けるわけで、ここで一気にライバルに差をつけたいところ。

「そっか。1週間、浅村くんと会えなくなるんだ」

「まあ、バーベキューはさすがに合宿前に行きたいかな。読売先輩が場所を調べてくれるらしいから――っと」

　スマホが震えてメッセージの着信を伝えてきた。ポケットから出すと、送り主は噂《うわさ》をすればの読売先輩だった。ざっと流し見たけれど、日帰りバーベキューに都合のいい場所を調べて送ってくれたようだった。相変わらず手際のいい人だ。

「読売さん？」

「そう。候補地を調べてくれたみたい。決めれば予約もしてくれるってさ」

読売《よみうり》先輩と小園《こぞの》さんは俺たちよりも早いシフトだったから、俺たちのバイトが始まってすぐに帰ってしまったのだ。だからあのあとは詳しい話はできていない。

キャンプといえば数か月前には予約が必要な印象があったけれど、キャンセル待ち狙いだろうかと思い調べてみたら、場所によっては直前の予約でも受け付けているところもあり、デイキャンプなら予約不要の場所まであった。

印象と現実の間にはギャップがあるんだなぁと思った。何事も決めつけてはいけないのだとあらためて思う。

公園の中を通り抜けるとき風が吹いた。さやさやと葉擦れの音が聞こえて暑さを忘れる。深く息を吐いた。

キャン、と吠《ほ》える声に首を向ければ公園の中を子犬を連れて散歩している人がいる。すれちがう時に俺たちのほうに寄ってきそうになったので、飼い主の女性が慌てて抱きあげた。ごめんなさい、と頭を下げるが、俺たちはふたりそろって、だいじょうぶですと笑顔で返した。可愛《かわい》いですねと綾瀬《あやせ》さんが言うと、飼い主の女性も目を細めて嬉《うれ》しそうに微笑《ほほえ》む。

もういちど深く頭を下げて俺たちから離れた後、犬の散歩を再開した。

「可愛かったね」

「だね」

小さな白い子犬は毛もふさふさもこもこで、もう誰が見ても可愛いと言ってしまう愛くるしさだったのは間違いない。

ふと、昼間の会話を思い出した。読売先輩の言った、『可愛すぎるから、もう息してるだけで愛されちゃう』という言葉。

息してるだけで愛される、か。

ふと思った。

自分はどうだろうか、と。

親父《おやじ》からは大事にしてもらっていると感じる。

だからこそ軽口も叩《たた》けるわけで。亜季子《あきこ》さんや綾瀬さんと初顔合わせのとき、いきなり再婚話を持ち出され、そのままファミレスでという常識外れの対面をさせられても、それに文句を言う気など起きなかったのは、親父との間に信頼関係を構築できていると感じていたからだ。

けれど、実母に対して思考を巡らせると、俺はいまだに心が冷えるのを感じる。

あのひとは、親父が家庭の為《ため》に働けば働くほど心を離していった。

時々思う。では、いったい親父は何をどうしたらあのひとからの愛情を失わずに済んだのだろうかと。

ふと頭に浮かんだその思考が俺の中でぐるぐる回り始める。

振り返ってみれば俺は異性の友人とはとことん縁がなかった。読売先輩は同好の徒なのと、心に下ネタを飼うおっさん性格だから、あまり性別を意識してないとして。

俺の交友録が急激に変化したのは、綾瀬《あやせ》さんと知り合ってからだ。

綾瀬さんの友人の奈良坂《ならさか》さんを始めとして、藤波《ふじなみ》さんや工藤《くどう》准教授、小園《こぞの》さん。

女性の知人が目に見えて増えた。

……いや、ちがうか。

新庄《しんじょう》や吉田《よしだ》のように男性の友人も増えたのだっけ。

ということは、それまでの長い17年間で丸《まる》くらいしか自信を持って友人と呼べる相手の居なかった俺が、たった1年で目に見えるほど親しくする人が増えたってことか。親父《おやじ》の再婚をきっかけにして、俺の周りは急に賑《にぎ》やかになった気がする。

けれど、俺自身はそこまで自分が愛され体質に変化したという気はしていない。

離れていった実母の面影が心を冷たくする。

異性から愛されるには何をどうすればいいのだろう。手がかりがほしい、と。

今は綾瀬さんから好かれていると信じていられる。

けれど、ひとの心は移ろうものだ。

心は変わる。

新庄だって、綾瀬さんを好きだったはずなのに、もう他にもっと好きなひとがいる。

愛される体質なんてものがあるなら、それが自分に備わっていてほしかった。

小園さんを見ていると、確かに彼女のほうがそういうタイプに見える。すれちがったあの子犬のように。それこそ読売《よみうり》先輩が最初に言ったごとく、そこにいるだけで可愛《かわい》がられる性格に見えてしまう。

ただ、ちょっと気になったのは。

『あたしってば、めっちゃ愛される努力してるんですからぁ』

小園さん自身はそう言っていたのだ。

愛される努力、か。

俺は自信がない。まだ俺の中には小さな小学校の頃の俺が残っている。浮気をした母が出て行って、家が急に広く寂しく感じられるようになり、心細さに涙が込み上げてきたのを覚えている。

ちらっと隣を歩く女性を見る。

綾瀬さんも俺と似たような境遇だった。彼女の場合もやはり異性である父親のほうが出て行ったのだ。母である亜季子《あきこ》さんとの仲は良好だが、彼女の言動から男性に対する不信感がやや見え隠れする。

息してるだけで愛される、か。

それを信じられたら、どんなにか楽だろう。

自宅のあるマンションが見えてきた。

「あそこ、ほら。明かり点《つ》いてるから、太一《たいち》お義父《とう》さん、もううちに帰ってるね」

マンションを指さして綾瀬さんが言った。

──うちに帰ってるね。

心の中が温かくなる。綾瀬《あやせ》さんが、親父《おやじ》と俺の住んでいた部屋を指さして「うち」と言ってくれたのが嬉《うれ》しかった。

「ってことは、親父がエアコンで冷やしてくれてるはず。やっと涼しくなれるよ」

「だね」

にこりと笑った綾瀬さんの顔。

そうか──。

俺は、彼女から好きと言ってもらい「つづける」には、どうしたらいいかがわからないんだ。

丈高い渋谷《しぶや》の街の建物の多くの部屋にはまだ明かりが点《つ》いたままだ。あれらの部屋の、ひとつひとつに『家族』が住んでいる。

家族を維持する為《ため》、部屋に住む人々それぞれがみな、愛される為の努力をしているのだろうか。

俺にはまだ想像することさえ難しかった。

●7月25日（日曜日）　浅村悠太《あさむらゆうた》

食卓に用意されていた珈琲《コーヒー》とトーストの載った皿。

それだけを手にしてから俺は言う。

「昨日、思ったより進まなくてさ。バイトに行くまで勉強したいから、持ってくね」

先輩から送られてきたバーベキューの候補地をネットで調べていたおかげで、ちょっとばかりスケジュールがずれこんだ。ここで、まだ7月だからと油断したくはない。

俺の言葉に、タブレットで新聞を読んでいた親父はやや顔をしかめる。

「それだけでいいのかい？　勉強を頑張るのはいいが、朝食をしっかり食べないと健康には良くないから無理はしてほしくないなあ」

「ああ……うん。気をつける」

「トースト1枚で足りる？　なんか、持っていこうか？」

親父の向かいで食事をしていた綾瀬さんにも心配そうな視線を向けられた。

「チーズとハムも載ってるから。あんまり食べると眠くなっちゃうし、これで充分だよ。洗い物はちゃんとやるから残しておいて」

「ありがと。大した量はないからだいじょうぶかな。勉強、頑張ってね」

そう言ってにこりと笑顔を向けられてしまうと、やる気もひときわ出てくるというものだった。

とはいえ、やる気だけではスケジュールの遅れは縮まらない。

今さらだけれど、入試の出題範囲は高校の履修範囲すべてであって、1年からの授業内容を復習するだけでも大変だった。そしていざやり始めると、これがもう忘れてることだらけで。

それに数学や物理の計算問題などは、理解できていても繰り返し手を動かして練習し、習熟しておかないと時間内に解き終わらない。

勉強合宿で集中できるはずとはいえ、その直前にバーベキューの予定を入れてしまったから。だいじょうぶだろうかと心配する前にここで巻いておこうってのもある。

部屋に戻るとスマホの電源を切って机の引き出しに放り込む。枕元の時計に目を走らせ、よし1時間集中するぞと気合を入れた。

トーストを齧《かじ》りながらまずは単語帳を捲《めく》り英単語を覚える。

今日は昨日覚えた（はずの）英単語を日本語のほうから思い出してみる。付箋紙を貼ったところを開くと「成果」と書いてあったので記憶を漁《あさ》る。

「ええと、アウトカム、かな？　スペルは……」

小さく声に出してから単語帳を捲る。

うん、あってる。「成果、結果」か。「結果」って、「リザルト」も「結果」って意味じゃなかったっけ？　気になったけれど、単語ひとつで辞書をいちいち引いていると無限に時間が掛かる。次は……「課する、強要する」か。

「インポーズ。スペルは――」

集中していたのでトーストを食べ終わっていたことに気づかなかった。かつん、と机に置いてあった皿に爪が当たって、「あれ？」と視線を下ろすと、もうパンくずしか残ってなかった。ああ、もうないのか、と思いつつ単語帳を仕舞《しま》う。

次は数学の問題集を解いていった。すっかり冷めた珈琲《コーヒー》をちびちびとすすりながら、制限時間内に解いてみては答え合わせの繰り返し。サインとコサインがタンジェントしている問題が頭のなかでぐるぐると回る。解ければ嬉《うれ》しいし、時間切れになると悔しい。けれど、答えを見ればぜんぶ解決するのだから、そういう意味では数学は勉強していて楽しい分野だった。いやこういうことを丸《まる》に言うと、『それは解ける問題しか学校ではやらないからだ』とか言われたりするわけだが。というか実際に言われたことがある。

何度目かの集中が切れたところで時計を見ると、昼に近かった。減らしたとはいえ7月いっぱいは休日をバイトで埋めてある。そろそろ出かける準備が必要だった。

空っぽになったお皿とカップを手にしてキッチンに持っていこうかと扉の前まで来たところで足音をかすかに聞いた気がした。

「……沙季《さき》？」

返事はなかった。

扉を開けても誰も居ない。

勘違いだろうか。たった今まで誰かの居た気配があったのだけれど。誰かというか、親父なら遠慮なくどかどかと扉を叩《たた》いているだろうから……たぶん綾瀬《あやせ》さんのはずで。

気のせいかなと考えながら流しでお皿とカップを洗う。布巾で丁寧に水気を取ってから食器棚へとしまった。

時刻は12時すこし前。親父《おやじ》は亜季子《あきこ》さんが起きてきたら一緒に外へランチを食べに行くと言っていた。布巾の出番はしばらくないので、こうして干しておけば使うまでには乾くだろう。

さて、と。

「悠太《ゆうた》兄さん、私の準備はできたけど？」

ちょうどキッチンに入ってきた綾瀬さんに声を掛けられた。

特にいつもと変わった様子は見えない。

「えっと、あのさ……」

「ん？」

「いや……なんでもない。ああ、俺も、もう出られるよ」

ふたりして昨日と同じようにバイト先の書店へと向かった。

そのときには、扉の向こうに人の気配を感じたことは気のせいだったのだろうとすっかり忘れてしまっていた。

バイト先の書店へと向かう道のり。

昨日と同じ通りを昨日と同じように綾瀬さんと並んで歩いている。

太陽が眩《まぶ》しい。昨日に引きつづき良い天気だ。気温はおそらくとっくに30℃を超えているし、肌を焼く日差しはもしかしたら昨日よりも強烈かもしれない。

「今日も暑いね」

「そうだね」

頷《うなず》きながら傍《かたわ》らを見る。見えた光景に不意を衝《つ》かれ、鼓動が高鳴った。

二の腕をあげて襟足をハンドタオルで拭う綾瀬さんの首筋には、きらきらとした汗の雫《しずく》が光っていた。ふう、という吐息。暑くて茹《ゆ》だってしまっているのが伝わるような息遣い。私服姿も見慣れているはずなのに、トップスから覗《のぞ》くきれいな鎖骨にやけに視線を吸われてしまう。

いつも同じ家で暮らしていて、いつだって綾瀬さんのこんな格好を見ているはずなのに、光る汗や息遣い、汗を拭うという些《さ》細《さい》な仕草を目の当たりにしただけで心拍数がしっかり上がってしまう。

もしかして俺はとんでもなく不埒《ふらち》なことを考えてしまっているのではなかろうか。

「……ね」

「えっ」

ごめん、聞いてなかったと返したら、綾瀬さんが不思議そうな顔をして俺を見た。

「暑いね、って繰り返しただけだけど？」

「あ、うん。そうだね。暑い」

なんてこった。この会話の情報量ゼロだぞ。暑いしか言ってない。

俺は内心でうろたえつつも、視線を前に戻した。このまま見つめていたらもっと破廉恥な想像をしてしまうのではないかと思ったわけで。

意識してしまったぶんだけ、気づけば昨日は手の甲が触れ合うほどの距離で並んでいたのに、今日はわずかに距離を空けてしまっていた。

綾瀬《あやせ》さんがちらりと俺のほうを見て何か言いたそうにしている。

距離を空けたことを咎《とが》める目つきなのか。

それとも、もっと距離を空けてくれ気が利かないなと責めているのか。

わからない。そう、わからないのは当然で。

俺は歩みを止めて言う。

「待って」

漏らした言葉に綾瀬さんも立ち止まった。

「へ？」

綾瀬さんはきょとんとした顔をしていた。

「一個、確認を取っておこうと思うんだけど」

「う、うん。なに？」

「今日、暑いから。綾瀬さんに汗くさいと思われるのが嫌で、ちょっと距離を空けてた。

他意があるとかじゃないんだ」

「え？ ……ああ」

綾瀬さんは俺との距離を目で測り、なんとなく手持ち無沙汰になっている右手をぶらぶらとさせた。そういうこと、と唇だけが言葉を紡ぐ。

納得したように苦笑してから手を振る。

「いいよいいよ。全然気にしてない。私も、自分が汗かいてるときにあんまり浅村《あさむら》くんに近づきたくないし、この季節じゃ外でベタベタしてたら暑くて仕方ないし」

「まあ、そういうことなんだけど」

「だいじょうぶ。それで——になったりしないから安心して」

さすがに往来だったから小声だった。もう駅前の大通りに差し掛かっていた。

にこりと微笑《ほほえ》まれて、俺はほっと安堵《あんど》の息を吐く。こういう小さなことでもすり合わせておかないとな。危機を脱出したことで安心してしまった。

人混みを抜けて横断歩道の手前で立ち止まる。

バイト先の書店の手前にあるスクランブル交差点。

渋谷《しぶや》駅前名物のハチ公像のほうをなんとなく見た。像の後ろにある、鉄の棒を二本平行に並べただけのパイプベンチに密着して座っている恋人同士が居た。むき出しになった互いの肩どころか、頬《ほお》のくっつく勢いで、手まで繋《つな》いでささやくように会話をしていた。やや緑が植えてあるとはいえ、しっかりとした木陰になっているわけでもなく肌には日が当たっているし、どう考えても汗だくだろうに、なんで、あそこまでくっついていられるのだろうか。互いの汗が気にならないのだろうか。

けれど、心のどこかでこう思いもする。綾瀬《あやせ》さんは汗をかいているときは近づきたくないと言った。俺のあのカップルを見ての感想は、綾瀬さんの意見がバイアスとなって歪《ゆが》んでいるのかもしれない。

すり合わせの会話のときに、汗なんて気にならないから手を繋《つな》いで、と綾瀬さんにもし言われていたら――。俺はどういう想《おも》いであのカップルを見ただろうか。

信号が青になって俺たちは横断歩道を渡った。

「暑いね」

何度目かの綾瀬さんの言葉に、俺は今度も「そうだね」と返した。

すり合わせるときには本心からの言葉が必要なのだけれど。ひとは自分の心の内を自分で正確に把握できているとはかぎらない。

汗臭いと言われるのが嫌なのは本心だけど。だからといって手を繋ぎたくないわけではないわけで。パラワンビーチでは全力疾走で走ったすえに、汗だくの状態だった。それで綾瀬さんとしっかりと抱き合ってキスまでしたのだ。

そのときと何がどうちがうんだと言われれば、今のほうがもうすこし冷静な気分でいるというだけ。

ああ、そうか。

あの恋人たちは、つまり今この瞬間が盛り上がっている状態なのかもな。

冷房の効いた建物に入ったからか、俺はすこしだけ冷静になって見つめなおせていた。

まずは、バイトを頑張るとしよう。


店長から、ふたりとも小休憩してきていいよ、と言われた。

午後の3時頃だ。読売《よみうり》先輩と小園《こぞの》さんが昨日と同じように揃《そろ》ってシフトをあがってしまったタイミングだった。

「レジ、忙しくなりませんか」

「ちょうど客足も引いてるからね。いざとなったら、もう次のシフトの子たちも入ってるし、今のうちに休んじゃって」

店長に言われて、俺も綾瀬さんもわかりましたと頭を下げた。

そしてふたりで事務所へと移動しようとしたとき、帰り支度を整えた小園さんが店長のもとへとやってきて、「買い物していっていいですか？」と声をかけた。

少し店長と話してから、なんとはなしにそれを見ていた俺と綾瀬さんのほうへとちょこちょこと小走りに近寄ってくる。ああ、ほんとうに小動物っぽい仕草をするなぁ。

「浅村《あさむら》先輩、ちょっといいですか」

「え。俺？」

「はい。ええと、ちょっとだけ一緒に来てもらいたいんです。教えてほしいことがあって」

反射的に綾瀬《あやせ》さんのほうに視線を投げてしまいそうになる。

それを抑えつつ、俺は小園《こぞの》さんに向かって首を傾《かし》げた。

「教えてほしいことって？」

もちろんバイトのことではないはずだ。仕事のアドバイスを求めるならバイト時間中にしてもらったほうが良いわけだし、仕事あがりのこのタイミングで教えてもらいたいことって？

訊《たず》ねてみると、キャンプに行くのだったら、事前にちゃんと知識を得ておきたいとのことだった。

「キャンプと言われても、何を用意すればいいのかわからなくて」

「いやいや、デイキャンプだから、そこまで難しく考えなくてもだいじょうぶだよ」

「でいきゃんぷ？」

ああ、小園さんにはちゃんと伝わってなかったんだな。まあ、俺もネットで漁《あさ》っただけの浅い知識だけれども。

「日帰りのキャンプのこと。泊まりよりは準備も楽だよ」

「あ、そうですよね。お泊りはなしって言ってましたもんね」

「そうそう」

読売《よみうり》先輩から送られてきた資料に載っていたデイキャンプの候補地は栃木県にあった。

貼られていたURLからサイトへとアクセスしてみると、ちゃんとバーベキューもできるらしい。

「そうなんですか。でも、やっぱり何か用意は必要ですよね。えっと、だったら読んでおいたほうがいい本とか雑誌とかを、ぜひ浅村《あさむら》先輩に教えてほしいです」

俺は自分の記憶を漁る。初心者に必要な知識が載っている本か。デイキャンプといえどもキャンプだから……。

「たぶん、アウトドア関連の本とか雑誌に載ってるんじゃないかな。棚の位置は……小園さんだったら覚えてると思うけど」

「あ、はい。置いてある場所はわかるんです。でも、どういう本なら初心者にオススメなのかまではわからなくって。だから先輩に見繕ってほしくって……そういうの、詳しそうですし。浅村先輩のオススメなら信用できますし」

「そんなことは……」

ないよ、と断ろうとして、上目遣いのすがるような瞳で見つめられてしまう。

「んと……」

俺は視線をあげて綾瀬さんを見る。

「浅村くん。私もちょうど探してたから、一緒に教えてもらっていい？」

そう言いながら、綾瀬さんは、小園さんとは反対側に立った。

綾瀬さんもか……。

しかたない。

「まあ、あとで資料をＬＩＮＥのグループに送っておくし、ネットの記事とかYouTubeの動画とかを見てもいいと思う」

ふたりに挟まれ、なんとなく妙な雰囲気を感じつつ、俺はそう前置きをした。

そして『趣味／アウトドア』のプレートが貼られている棚を目指して歩き始める。

「あたしは、やっぱり本の情報のが確実だと思いますし」

先ほどの俺の発言に対してだろう、小園《こぞの》さんがそんなことを言った。

最近はネットの情報で済ませてしまう人も多いのを知っていたので、まさか小園さんが本にこだわりがあるとは思わなかった。

とはいえ、俺自身も、本に書かれている文字を読んだほうが情報が頭に残るタイプなのだけれど。

俺の左側を歩いている綾瀬《あやせ》さんも、「紙に書いてあったほうが私は読みやすいから」と言った。綾瀬さんは俺と同じタイプらしい。

棚の前まで来ると、俺はキャンプの入門書（目次をざっと見て、デイキャンプの項目があることも確認した）やアウトドア雑誌を幾つか見繕う。

同じ本と雑誌を綾瀬さんも抱える。

レジを通そうとして、カウンターの向こうに読売《よみうり》先輩が店の制服のまま居るのに気づいた。帰ろうとしたところで伝票をつける仕事を思い出したのだとか。

小園さんがカウンターに置いた本が、キャンプ雑誌や入門書だったのを見て読売先輩が

嬉《うれ》しそうな顔をした。

「遊びに真剣に取り組むその姿勢！　ポイント高し。いいねいいね！　もしやこの本って、後輩君が選んだの？」

「まあ、はい」

「なるほど。うん、後輩君は本を見る目はあるからね。ね、絵里奈《えりな》ちゃん」

「だと思います！」

「うんうん。じゃ、お会計するね」

レジを済ませて、本を渡されると、小園《こぞの》さんはぺこりとお辞儀をし、ありがとうございますと言ってレジ越しに読売《よみうり》先輩に頭を撫《な》でられていた。

「浅村《あさむら》先輩、ありがとうございました。あたし、これで帰りますね」

手を振って小園さんは店を出ていった。

入れ替わるように綾瀬《あやせ》さんがレジ前に立つ。

「お？　沙季《さき》ちゃんもそれ買うの？」

「え、あ、はい」

綾瀬さんが小園さんとまったく同じ本と雑誌を出す。

「おお、沙季ちゃんも買ってくれるか。ほうほう、おんなじだね。みんなキャンプに熱心でお姉さんは嬉しいよぅ」

「ああ、はい。あ、でも……私、まだバイト中だ」

休憩をしているとはいえ仕事時間内ではある。レジを通すのは後でも良かったのだと気づいたようだ。

「すみません。またあとで持ってきたほうがいいですよね」

「休憩時間なんだし、そこまで硬く考えなくてもいいと思うよぅ。店長、だいじょうぶですよねー」

店長はもちろんと言ってくれたのだけれど、綾瀬さんは覚えたからと言って律儀に棚に本を戻しに行った。

綾瀬さんの背中を見送りながら読売先輩が言う。

「小園さんに選んであげた本とおんなじ本をねぇ。いやー、なるほどなるほど」

「まあ、頼まれたんで」

「そうそう。そうでしょうとも」

俺のほうを見て、にんまりと笑みを浮かべる。

「ほんじゃ、わたしもこれで今度は本当にあがるから」

「あ、伝票終わったんですね」

さすがに卒業後に正社員にならないかと店長からスカウトされただけはある。俺には荷が重い書類仕事もあっという間だった。

「ふふ。キャンプが楽しみだよ！　青春だね！」

謎の言葉を残して読売先輩も帰っていった。

●7月25日（日曜日）　綾瀬沙季《あやせさき》

鏡の前でブラシを動かし髪を軽く整えると、自分に向かってよしと頷《うなず》く。

朝ご飯の準備をしようとキッチンへと向かった。

夏休みでかつ土日だと朝もゆっくりと準備ができて楽だ。太一《たいち》お義父《とう》さんものんびりと起きてくるから。

髪をまとめ、エプロンの紐《ひも》を腰の後ろで縛る。さて。

今日は久しぶりに私が食事を作ることになっていた。浅村《あさむら》くんはいつも朝は軽いものを好むし、今日も午後からバイトだから、あっさりめのメニューがいい——と考えだしてから思い出した。

そういえば昨日、寝る前。浅村くんは『明日は俺のぶんの朝食は作らなくてだいじょうぶ。勉強のつづきをしたいんだ。トーストだけで済ませちゃうから』と言っていたのだ。

そっか、食べないんだっけ。

だったら——。

食パン（8枚切り）の袋を食卓の上の、手に取りやすい位置に置いておく。

それだけして、太一お義父さんと自分のぶんの朝食を作ってしまうことにした。

サラダを深皿によそっていると、浅村くんが起きてくる音がした。洗面所で彼が身支度をしている間に、用意しておいたパンを焼いて珈琲《コーヒー》を淹《い》れておく。

マグカップに珈琲を注《つ》ぎながら、お皿の上にぽつんと置かれたトースト1枚をぼんやり見やる。

さすがにこれだけだと栄養が足りないんじゃ……。

そうだ。思いついて冷蔵庫を開ける。

薄切りハムとスライスチーズを取り出して、トーストの上に貼りつける。野菜も欲しいところだけど、片手で食べられなくなるし。しまった。それならサンドイッチでも作ればよかった。

食卓で朝食をとりながら考えていると、もう浅村くんが来てしまった。

昨夜《ゆうべ》言っていたとおりに、用意されていたトーストの皿と珈琲だけをもって自室に籠ろうとした。あれ？　と表情を変えたのはハムとチーズが載っかっているサービスに気づいたからだろうか。

あまりに少ないからか、太一お義父さんに心配されてしまい、浅村くんは素直に気をつけると言った。心配してくれているんだものね。

「トースト1枚で足りる？　なんか、持っていこうか？」

けれど、浅村くんは充分だと言ったうえに、洗い物の心配までしている。いつもよりも浅村くんがちゃんと食べないぶんだけ、使うお皿も減るから楽なんだけどな。私はそう告げて、部屋に戻る背中を見送った。

「勉強してくれるのは嬉《うれ》しいが、体を壊さないか心配だね」

ぽつりと太一《たいち》お義父《とう》さんが言って、私も頷《うなず》いた。

「やる気があるってことは何かやりたいことでも見つかったのかな？　沙季《さき》ちゃんは聞いてるかい？」

言われて、私は困ってしまった。

そういえば浅村《あさむら》くんが将来やりたいことって何なんだろう？　聞いたことがなかったような……。でも、あれだけ一生懸命に勉強してるんだから、何かなりたいものがあるのかもしれない。

「私も聞いてないです」

「まあ、やる気があるのはいいことだけどねえ」

そう繰り返した。

なんだか心配そうなのは理由があるんだろうか。

「何か問題があるんですか」

「うん？　うんまあ……」

太一お義父さんが食後のお茶を飲みながら、すこしだけ話をしてくれた。

浅村くんの前のお母さんはけっこうな教育ママだったらしい。小学校受験、そして中学受験も目指させられてきたと。

「僕は、自分自身が義務教育を公立で過ごしてきたから、そこまでこだわってはいなかったんだけどね。彼女は自分がそれで苦労してきたって感じてたらしくて」

「そうだったんですね」

と、応えてはみたものの、そのあたりの心理は私にもわからない。私も中学までは公立校だったから。我が家には私立の小・中学校に通えるほどの経済力はなかった。

「けれど、あの頃の悠太《ゆうた》はあまり勉強の要領がいいほうではなくてね。期待に応えようとして頑張ったのだけど、結局はぜんぶ落ちてそのまま公立に通うことになったんだ」

勉強の要領――という不思議な言い方に私は小首を傾《かし》げる。

「悠太兄さんって、頭いいと思うんですけど」

「地頭は悪くないと僕も思う。まあ、親の欲目かもしれないけど」

「そんなことないです」

「ありがとう。でも、小学校の頃は成績も真ん中と下を行ったり来たりだったんだよ」

それは私には意外な言葉だった。

太一お義父さんによれば、小学校受験に失敗した浅村くんはそのあとすっかり勉強が嫌になったようで不貞腐《ふてくさ》れていたらしい。このままでは学ぶこと自体を嫌いになってしまうと危機感をもった太一お義父さんは、気分転換にとあちこち連れ回したのだという。

動物園とか博物館とか図書館とか。

押し付けることはせず、浅村くんが何でもいいから学ぶことに対して苦痛以外の感想をもってくれたら、という気持ちだったらしい。

結果として、そのうちのひとつ――図書館に興味をもった。より詳しく言えば、小説に興味をもつようになった。

　本を手放さない子へと変わったのだ。

けれども、浅村《あさむら》くんの実母はそのことをあまりよく思ってはいなかった。

「えっ。なぜですか。本を読めるなんてすごいと思うんですけど」

私なんてコツを教わるまで小説の読解にすさまじく苦労していたのに。

小学校受験以降というなら、まだ小学生の低学年だったわけだ。そんな頃から絵本だけじゃなくてふつうの本まで読んでいたのだとしたら、充分に勉強の代わりになったと思うのだけど。

「彼女は、本だったら教科書を読めっていう人だったからなぁ。悠太《ゆうた》が読んでいたような、カラフルな横縞《よこじま》のドラゴンが出てくる話とか、大きな靴下を履いた怪力の女の子の話とか、額に傷のある魔法使いの少年の話とか、そういうのはくだらないって言ってあまり良い顔をしてなかったね」

　文字を覚えるのは早かったが、小学校のうちは、成績は上がったり下がったりの繰り返しだったらしい。だから中学受験も失敗してしまった。

　その頃には太一《たいち》お義父《とう》さんと実母の心の距離はすっかり離れてしまい、離婚へと至る。

　けれど皮肉なことに、中学に上がってからは読書習慣を継続してきたおかげか思考力も伸びて、浅村くんの成績は目に見えて上がり始めたのだった。

「自分のもっている知識が増えて、それを整理して、目の前の問題に対して応用することができるようになったのかな、と僕は思ってるんだけどね」

「それがつまり勉強の要領が良くなったってことですか」

「そういう言い方が正しいのかどうかわからないけど……ああ、頭の使い方を覚えた、というのが的を射ているかもしれないね」

「そう言われるとなんとなくわかります」

そして浅村くんは見事に水星《すいせい》高校の試験を突破したわけだ。

「ただ、僕は悠太の小学校受験と中学受験のときのことを覚えているんだよね。それこそ食事の時間も惜しいとばかりに勉強していたりして、自分を追い込みすぎていたんだ。今の悠太がすこしだけあの頃と重なって見えてしまってね……」

お茶をずずっとすすると、太一お義父さんははあと息をついた。

「なんであそこまで頑張り始めちゃったんだろう。いや、親として息子が勉強を頑張ってくれるのは嬉《うれ》しいけどね。でも体を壊しちゃ元も子もないしねぇ。沙季《さき》ちゃん、心当たりだけでも、何かないかな？」

私は首を左右に振る。

全然見当がつかない。

ただ、心配そうな太一お義父さんの顔を見てしまうと、何か言わねばならない気もした。

「あ、でも、いまバイト先の人とキャンプに行く話をしてるんですよ」

ほう、と言いながらお義父さんが顔をあげた。

「まだスケジュールも立ててなくて。あの、あとでちゃんと言って許可をもらうつもりだったんです、けど。あ、日帰りです。ちょっと行って、バーベキュー食べて、帰ってくるだけだから」

「それはいいね。うん。とてもいい」

「ちゃんと決まってから言おうと思って。その……、行ってもいいですか？」

本来なら浅村《あさむら》くんにも相談してから一緒に言うべきだと思ったけれど、太一《たいち》お義父《とう》さんの曇った顔を晴らしてあげたいという気持ちが強かった。でも、ここで駄目だと言われたらどうしよう。

「もちろん、行ってきてもいいよ。1日くらい、羽を伸ばさないとね」

ほっと胸を撫《な》でおろした。

あとで詳しい行先やスケジュールは伝えるからと約束する。浅村くんには、キャンプの話を私から言い出してしまったことをすぐに伝えておかないといけないな。

「あいつも、もうすこし羽を伸ばせるような性格ならいいんだが」

「私も、気にかけておきます」

そう言ったら、太一お義父さんは湯呑《ゆのみ》を流しへともっていきながら私のほうへと振り返った。

「もちろん、沙季《さき》ちゃんも無理はだめだよ？　ちゃんと時々は羽を伸ばすようにね」

真面目な顔で言われた。

何度目かだけど、ああ、母はいい相手を見つけたなと思い、胸の奥のほうがふわりと温かくなった。

「無理はしないように心掛けます、お義父さん」

頷《うなず》きながらそう返したら、太一お義父さんは目を細めて嬉《うれ》しそうに微笑《ほほえ》んだのだった。


すっかり見慣れた自分の部屋の扉を閉める。

ノブの回る音が消えると、私はそっと溜息《ためいき》をついた。

机の前に腰かけて、さて、と勉強の道具を広げながら先ほどの義父との会話を思い出す。

無理をしているのかもしれない。すこしは羽を伸ばしたほうがいい。

太一お義父さんが浅村くんを心配して言った言葉は、まるで昨年の私自身に対しての言葉のようだった。

無理をしている。昨年の今頃の自分がまさにそうだった。

両親の再婚をきっかけに、浅村悠太《ゆうた》という存在と出会ってしまったことによって、私は今までどおりに日々を過ごすことができなくなってしまった。彼の存在が自分の中で大きくなりすぎたから。

でも、その状態の私を救ってくれたのも浅村くんだった。

友人たちとプール遊びに行く。

そんないつでも誰でもできそうなことを、当時の私はできなかった。自分から誘うなんて思いもよらないことだったし、遊びに誘ってくれる友人も真綾《まあや》くらいしかいなかった。その真綾からの誘いさえ意固地になって断ろうとした。

そんな私に浅村《あさむら》くんは辛抱強く声を掛けてくれた。

夏の暑い一日。真綾と浅村くんと初めて会う真綾の友人たちとの水遊び。知らない人たちも多かったけれど、それなりに楽しむことができて、私は気持ちに余裕をもつことができたのだった。

今の浅村くんが当時の私のようなストレスを抱えた状況だとしたら、今度は私が彼の張りつめている緊張を和らげてあげたい。

ふと思う。もしかして、読売《よみうり》先輩はそんな浅村くんの張りつめた雰囲気を感じ取って、キャンプに行きたいと駄々《だだ》をこねてみせたのだろうか。

だったら、それは真っ先に私が気づいてあげるべきことだったのでは？

私は彼の――恋人なのだから。

そう考えてすこしだけ落ち込み、でもこの、日帰りキャンプで彼がひと息ついてくれるのならば、誰が誘ったかなんてことよりも大事なことで。

ともあれ浅村くんは読売先輩にお願いされてキャンプに行くことを決めた。

そして、バイト先の新人である小園《こぞの》さんも行きたいと言いだして私も行かないわけにはいかなくなった。

だって、ほら、まあ。

張りつめた彼の心を癒やすのが自分じゃなくて他の誰かかもしれないという状況を想像しただけですこしモヤモヤするわけです。

こんな嫉妬心、醜くて嫌だなと思う。思うのだけど、そう思ったから消えるというものでもないのが感情というシロモノなのだった。

――自分から遊びに誘う、かぁ。

ぽこんという間抜けな音を立ててスマホがメッセージの着信を知らせてくる。

真綾からだった。

メッセージを読むと、2週間ほど先にある花火大会へのお誘いだった。お互いに友人を何人か誘ってみんなで観《み》に行かないか、と。

「ほんと……このコミュ強ときたら……」

まるで計ったようなタイミングで送られてくる。私の心の内を見透かしているみたいで、まさか本当に……思わず部屋の中で首を左右に振ってしまったけれど、本気で監視カメラがあると思ったわけではない。

ぽこん！

――ん？

【もちろん、浅村くんも誘ってくるんだよ！】

ほんとに……監視されてるわけじゃないよね？

「はいはい」

返信しようとして、私はふと手を止めて考えた。

みんなで一緒に。うん、それもいい。昨年のプールもそうだったし。今回のキャンプもバイトの先輩後輩と一緒だ。この前の丸《まる》くんの試合の観戦も大勢で見に行ったっけ。

でも、浅村《あさむら》くんとふたりきり、ではないわけだ。

残り少ない高校生活、最後の夏、何か記憶に残るふたりだけの思い出を作りたい——。だとすると、ここで真綾《まあや》たちと合流するのはちょっと待ってじゃない？

ふたりきり。

どきどきする。

でも——。

【返事に時間ちょうだい】

短く返した。

——自分から遊びに誘う。

それが苦手なのは断られたときのことを考えてしまうから。

自分が断られるような人間だと突きつけられた気分になるからだ。実際には誘いを断ることに大した意味はない（あることもあるけど）。誰にだって動かせない予定はあるし、既に別の人と約束していることだってあるし、ひとりで居たい時もある。

……ちがう。

私自身がそうだ。真綾からの誘いを断るなんて日常茶飯事で、10回に1回も受ければばいいほうだし……。

なんだかすごく自分が薄情な人物に思えてきた。

よく真綾ってば懲りもせずに毎回毎回誘ってくれるものだ。彼女はひょっとしたら聖女か何かの生まれ変わりなのではなかろうか。

もうすこし彼女からのお誘いも受けてあげても……って、いや思考が逸《そ》れた。そう、断られたって、それで即座に自分が否定されたことになるわけじゃないのだ。

この自信のなさが嫌になる。

自分の願いが拒否されることのほうが先に頭をよぎるのは何でなんだろう。いつもいつもそうだ。

勇気を出して、浅村くんを花火大会に誘ってみたい。「花火、あるんだけど……二人きりで行かない？」って。

それでOKをもらえたら真綾にはごめんと断ろう。

椅子から立ち上がった私は、その足で浅村くんの部屋の前まで行った。

扉を前にして深呼吸。「花火、ふたりきりで観《み》にいかない？」と口のなかで何度も唱える。よし、と心のなかで自分を叱咤《しった》してから、扉を叩《たた》こうとして気づいた。

拳を握りしめたままの体勢で凍りつく。

いま、浅村くん——勉強中だ。

バイト前に勉強を進めたいからと言って部屋に籠ったのだった。勉強合宿も控えていて、キャンプも、泊まりじゃなければとOKしたんだっけ。

改めて考えてみるに、もしかしたら浅村《あさむら》くん、さらなる遊びで勉強時間を空費するのは嫌なんじゃないだろうか？

躊躇《ためら》ってしまう。だけど、根を詰めすぎるのも良くないし。だからこれは浅村くんの為《ため》でもあって……。

ああでも、浅村くんが無理をしている、というのも推測に過ぎないのだった。

もしかしたら私は、自分が寂しいだけなのに、その本音を覆い隠して提案しようとしているのでは？　それは卑怯《ひきょう》な行動なんじゃないだろうか。自分が寂しいからって彼の人生の大事な時間を奪いたくはない。

でも、彼との夏の思い出が何もないのも耐えられない気がする。

悩んでいると、ガタッと椅子を鳴らして立ち上がる音が聞こえてしまった。足音が私の立っている扉のほうへと近づいてくる。

どうしよう。まだ浅村くんを誘っていいのか、私の中の結論が出てない――。

あげていた拳を下ろし、私は足音が聞こえませんようにと祈りながら彼の部屋の前から撤退した。扉が開いたままだった自分の部屋へと跳び込むと、ノブを掴《つか》んでさっと引き寄せる。扉の最後の数センチを音を立てないよう慎重に閉じた。

ゆっくりと握っていたノブを放す。かすかなカチャリという音がしてノブが戻った。

ほうっと息を吐きだすのと、廊下をパタパタと浅村くんが歩く音が聞こえたのが同時だった。たぶん、キッチンのほうへと行った。

「気づかれなかった、よね？」

どきどきと鎮まらない心臓に手をあてる。

逃げる必要なんてなかったと気づいたのは、椅子に座って心臓の鼓動がゆっくりになった頃だった。

そうこうしているうちにもうバイトに行く時間になり、慌てて身支度を整える。

「悠太《ゆうた》兄さん、私の準備はできたけど？」

何食わぬ顔で部屋を出ると、キッチンに居た浅村くんへと声をかけて、そして、昨日と同じ時刻に家を出た。

それが起こったのはバイト時間の半分が終わる頃だった。

早上がりの読売栞《よみうりしおり》さんと小園《こぞの》さんが更衣室へと向かって、そうしたら小園さんだけが着替えを終えてからレジ前まで戻ってきた。店長さんに話しかけて、私たちのほうへとやってきて言った。キャンプ本を買うのを手伝ってほしいと。

そこには私たち——私と浅村くんふたりが揃《そろ》っていたのだけれど、あきらかに小園さんは、そこで浅村くんだけに声をかけた。そう感じてしまう。

気のせい。

自意識過剰。

可能性はある。

一方で、もしかしたら自分が小園《こぞの》さんに対して苦手意識を持ってしまったから、そしてそれを小園さんに悟られてしまったから、だから私ではなく浅村《あさむら》くんに彼女は頼ってしまうという可能性も。

もしそうだったら彼女には申し訳ないことをしてる。歳《とし》の近い同性のいちばん頼りやすいはずの先輩なのに、頼ることができないのだから。

けれど、同時にこう思いもする。だからといって、こんなあからさまな態度を取らなくても……と。

いやいや、待って。彼女の態度があからさまだと感じたのも、私自身の認知の歪《ゆが》みなのかもしれない。単に浅村くんのほうが、ほら、私よりも一歩だけ彼女に近い位置に立っていたからかも——。

お願いされた浅村くんは私のほうをちらりちらりと見て窺《うかが》う。

私はとっさに考えた言い訳を口にする。

「浅村くん。私もちょうど探してたから、一緒に教えてもらっていい？」

そう言いながら、小園さんとは反対側に立った。

そしてアウトドアのコーナーへと一緒に歩いていく。

小園さんと浅村くんが肩の触れ合いそうな距離で並んで歩いていたので、思わず反対側から浅村くんを引っ張ってしまいそうになった。

浅村くんにあんなに堂々と懐いている小園さんの姿を見てしまうと、モヤモヤした嫉妬心を抱いてしまう。

彼女が浅村くんにオススメされて渡された本と雑誌を私も手にする。

そのまま本をレジに通そうとして、レジの内側にバイトを上がったはずの読売《よみうり》先輩が戻っていたのを見て、私は自分がまだバイト中だったことをようやく思い出した。

休憩時間とはいえ、自分の本を確保することを優先するなんて、あまりよろしくないのでは？　ましてや後輩の目の前だったのに。やや落ち込みつつも、私は本を棚へと戻しに行った。タイトルはぜんぶ覚えた。バイトの時間が終わってからでも間に合うはずだ。売り切れたりはしない類の本だから。

小園さんが帰り、仕事を忘れていたという読売先輩も帰って、それから2時間ほどで私たちのバイトも終わった。

帰り道をふたたび浅村くんと並んで歩きながら私はバイト中の出来事を思い返す。

小動物のように愛らしい仕草を振り撒《ふま》く小園さんは、確かに読売先輩の言うように「愛されるべくして愛されている」ように見えた。

私には無理だと感じてしまう。

愛される資質。

そんなものを備えていると感じた覚えがない。

そんな資質を身に付けられたという感覚もない。

例えば自分を飾るという行為ひとつとっても、私が目指しているのはある種の近寄りがたさであって、親しみやすさではなかった。

私にとっての服飾や化粧は、武装としてのものであり、愛されるためのものではなかったのだ。

例えば、ネイルが上手《うま》く塗れたと感じるのは、それが放つきらきらとした光沢から自分が強くなれた気がするからだし。

コーディネートがぴしりと決まれば、苦手な場所へと赴くときでも体に芯が入ったように感じて胸を張って歩けるのだ。

独りでも強く在れる気がする。凛《りん》と立てる気がする。

私の「武装」とはそういうものだ。

着飾るスキルに対しての評価は欲しい。

けれど、それが愛される為《ため》のスキルだとは感じていない。

化粧も服飾も母を見習って覚えたのだけれど、結局、母は実父の愛情を失った。

ギブ&テイク。世界は等価交換で成り立っている、と私は考えている。

愛情を受けたければ、何かを提供しなければならないはずだ。

でも――。

事業に失敗し、職を失い、収入も失った父の為に、外へと働きに出て、一家を支えるだけの収入をバーテンダーという職業から稼ぎ出すことに成功した母は、その成功を実父へと捧《ささ》げても愛情を失った。

むしろ与えたからこそ失ったようにも見えていて。

だとしたら――。

愛を得るために捧げなければならないものっていったい何だろう？

それとももしかして、それは小園《こぞの》さんのように意図せずに発揮されるような天然の才能でなければならないのだろうか。

何を与えれば浅村《あさむら》くんが私を愛してくれるのか。考えてみれば、それこそ思い悩む前に彼に訊《き》くべきことだったにちがいない。もっともすり合わせが必要なことだったにちがいない。

それでも、そのときの私はそこまで自分たちの関係を俯瞰《ふかん》して見ることができなかった。

恋は盲目とはよく言ったものだ。

帰宅して夕食も済ませ、ごろりと自室のベッドに横たわる。

お風呂も済ませ、受験のための勉強も済ませ、後はもう寝るだけ。

瞼《まぶた》の落ちてくる感覚に抗《あらが》いながら、私は電源に繋《つな》げたままのスマホでついこんなことを検索してしまう。

男性に好かれる方法――。

検索結果がずらりと並ぶ。

……多い。「男性に愛される為《ため》には」とか「愛される為に必要なこと」とか、気になってしまうのだけど同時にうさんくささも感じる検索結果がこれでもかと並んでいる。

後は寝るだけの状況でもなければ、眠気で意識がぼんやりとしていなければ、こんな検索は絶対しなかっただろう。赤面してしまうような行動だ。

でも、キャンプでは読売《よみうり》先輩に愛され上手と評された小園絵里奈《こぞのえりな》さんがいるのだ。

今日だって小園さんはあんなに浅村《あさむら》くんに近づいていた。

いや、小園さんが、とか事態を矮小化《わいしょう》化しても意味がない。

小園さんを世界から消しても、次にまた浅村くんの横にかわいい女の子が立ったら、また同じようなモヤモヤが襲ってくる。論理的に言ってそれをなくすことは不可能だ。

理性ではそう理解できるのだけど。

ふと、検索結果の記事のひとつが目に留まる。

「男女ですれ違いがちなこと」という項目があってどきりとしてしまう。目を通すと、こんなことが書いてあった。

『発話者がコミュニケーションを目的としているとき、相手に対して意見を求めるような言い方をすると、相手は解決を求められていると考えてしまって自分なりの解決策を探してしまう。コミュニケーションそれ自体が目的ならば、意見を求める問いかけをすることはマイナスである』

すこしくどい言い方でわかりにくかった。

何度か読み返してから、ようやく理解する。

つまり感情を一致させたいときに論理の一致を求めるような言い方をするなってことだ。モヤモヤしている感情を解消したいときに欲しいのは感情の共有であって、原因の究明でも解決でもない。

具体的に言えば、こういうことだ。「私、あなたの横に女の子が並んでるとモヤモヤするんだけど！」と浅村くん相手に迫ったとしよう。

彼から、「じゃあ、女性のいる職場には行かないようにするね」という解決策を提示されることに意味はない。

そこで得られるのは論理的な納得であって、それでは私の今感じているこのモヤモヤは解消されないのだ。だって、それが理不尽な感情であることを私自身はもう知っているのだから。

こんな感情は不公平だし、新人バイトに対して頼りになるはずの先輩に対して、頼るなと言い張るのは不合理だ。

でも、感情は理性では説得されないのだった。

これに気づかずに口論が始まって別れる男女が多い、と、そういうことのようだ。

なるほど、と思いつつも、でもこれって会話を始める側が会話の目的というか意図を開示してないから起きるすれ違いだよね、とも思う。

まあ、じゃあ、この感情を共有してもらう為には何をどうすればいいのか、私にはさっぱりわからないんだけど。
すれ違いか……。
もし起きそうだったら、ちゃんと気をつけよう。——と、思う。
そんな結論を得て、瞼《まぶた》が重くなってくる。
私はようやく眠りにつくのだった。

●7月30日（金曜日）　浅村悠太《あさむらゆうた》

キャンプの日は全員の都合をつき合わせて7月の31日になった。

決まったのは週の頭のことで、そこから週末の今日まで、勉強の合間にではあるが、すこしずつデイキャンプについて調べてきた。夏休みは勉強漬けの日々になると思っていたけれど、この調べもののおかげで適度に息がつけたと思う。

そしていよいよ明日がキャンプ当日。

今日はバイトも入れてないし、午前中にしっかり勉強に集中すれば、午後はキャンプに必要なものの買い出しに行ける。

俺は午前中を受験勉強に費やし、昼食のとき、買い出しに行かないかと綾瀬《あやせ》さんを誘った。そのタイミングでスマホが鳴る。読売《よみうり》先輩からだ。デイキャンプのLINEグループにメッセが送られていた。綾瀬さんとふたりしてそれぞれのスマホを覗《のぞ》き込《こ》む。

【確認してると思うけど、現地は滝や屋外サウナもあるよ！　水着もよろ～】

えっ、と、綾瀬さんとふたり顔を見合わせてしまう。

「サウナまで入る気だったんだ」

「川にも入れるみたいだよ。サウナの脇に川を区切って水風呂代わりに入れるようになってる場所があるって」

「気づかなかったなぁ」

「水辺のキャンプ場だと、そういうところもあるみたい」

「そうなんだ……」

確かに現地にはサウナも川もあることは確認してあった。けれど、バーベキューのことしか頭になかった。

まあでも、水着は昨年のやつがサイズ変わってないから穿《は》けるし、わざわざ買いに行かなくていいか。

「俺は昨年にプールに行ったときのが使えるから問題ないけど、沙季《さき》はどうする?」

「そう……だね。うーん、そこはちょっと考えさせて」

綾瀬《あやせ》さんはやや歯切れの悪そうに言ってから黙ってしまった。

何事かを考えている。

釣られて俺も無意識に他事をぼんやりと考えてしまう。

自分の言った『プール』という言葉から連想して、そういえば昨年のプールは8月の終わりの頃だったっけと思い出していた。

あのときに自分の恋愛感情を自覚したわけだけれど、両想《りょうおも》いだったことがわかったいまになって思い返してみれば、綾瀬さんのほうもこちらを意識して見ていたんだろうなと思う。

綾瀬さん自身が気づかない彼女のことを俺が指摘できるように。あのときの綾瀬さんは、プールでの俺の立ち回りを美点だと語ってくれた。

けれどあの頃の俺は、相手からの一方的な高評価を受け入れられるほど自己評価が高くなかった。

いや、それは今もか。

丸《まる》からもいつも言われている。おまえは自己評価が低すぎると。

けれど、相手の評価を鵜呑《うの》みにして自分を誇大妄想的に偉ぶる危険を冒すよりは謙虚でいたほうがマシな気がして。

「……けて」

「えっ？」

俺は無意識界をさ迷っていた思考を慌てて現実界へと復帰させる。

「買いものに行くなら、行く前に声をかけてって言ったの」

「あ、ああ。わかった」

お昼ご飯を食べながらのふたりの会話はそこで終わった。

昼食を終えると俺は部屋に戻り、パソコンでキャンプについて確認する。

読売《よみうり》先輩から事前に送られてきていたのは現地の情報だけではなく、キャンプに必要なあれこれのまとめもあった。もちろん自分で用意した本やネットも漁《あさ》りはしたが、相互につき合わせた結果、先輩のリスト通りで問題なさそうだった。

その送られてきた『当日に必要なものリスト』はこんな感じになる。

【キャンプ用】
・タープ（読売《よみうり》持参）
・ミニテーブル（読売持参）
・ミニチェア
【バーベキュー用】
・バーベキューグリル・燃料（炭）・トング・包丁・まな板（現地）
・クーラーボックス
・食材と調味料
【消耗品・雨対策など】
・レインウェア・レインコート
・アルコールスプレー
・虫除《むしよ》けグッズ
・ゴミ袋・ビニール袋
・キッチンタオル
・食器（紙コップ・紙皿など）
・スポンジ・洗剤
・食品保存袋・ラップ・アルミホイル

かなり多いけれど、読売先輩が車をレンタルしてくれるらしいので、運ぶこと自体は問題ない。

種類としては、【キャンプ用】【バーベキュー用】【消耗品ほか】に分けることができる。

キャンプ用具には本来ならばテントなども入るのだろうけれど、今回は泊まりはないので持っていく必要がない。そこは正直、助かったところ。

タープ、というのが最初は何かわからなかった。

調べてみると、どうやら日差しや雨風を防ぐため、張ることで頭上や周囲を覆うことができる広い布のことらしい。簡易の屋根みたいなものだった。

ネットを漁《あさ》ってどういうものかは理解したけれど、どうやってそれを組み立てるのかまではピンときていない。テントを張ることに比べれば楽だが、ものによってはコツが必要だと書いてあった。まあ、持ち主なんだから読売先輩がわかっているだろう。

ともあれ、そのタープとミニテーブルは読売先輩が持参してくれるらしかった。

なぜそんなキャンプ用品を先輩がもっているのかわからないが。ひょっとしたら何度か野外キャンプの経験があるのかもしれない。あの先輩になら、キャンプが趣味だとしれっと言われてもなんとなく納得してしまえる。

ミニチェアは、文字通りに簡易の小さな椅子のことだ。折り畳めるようなやつ。これはさすがに自分の分しかないとのこと（ひとりで椅子を何個も持っていたらそっちのほうが珍しい)。各々でもってきて欲しいということだったので買いに行かなきゃいけない。

ハンズあたりだったら売ってるだろう。

俺は買い物リストの中に『ミニチェア』を入れた。

次は、バーベキューをする為《ため》に必要なものだ。

読売《よみうり》先輩のメッセージとキャンプ地の公式サイト情報によれば、バーベキューグリルや燃料(炭)、トング、包丁やまな板など必要なものの多くは現場で貸してもらえるらしい。

最近のキャンプって楽になったんだなぁ。

クーラーボックスは小さいものならば我が家にもあるのだけれど、食材を入れておけるような大きなものはない。LINEグループのほうにその旨を流すと、読売先輩から持ってくからだいじょうぶと返事がきた。

なんで独り暮らしの女子大生がでかいクーラーボックスなんて持ってるんだろう?

……まあ、読売先輩だから、そういうこともあるか。

【肉も買って、冷凍庫に既に入れておいたからねー】

笑顔のネコスタンプの乱打とともに読売先輩からのメッセージが送られてきた。にっこにこの満面の笑みが見えるよう。

肉食女子、という単語がふと浮かんだ。意味はぜんぜんちがうけれど。

あとは何かあるだろうか。レインウェアは大事だが、俺は既に持っている。これも買わなくてもだいじょうぶそうだ。

というわけで、買う必要があるものだけに絞った買い物リストはこんな感じになる。

・ミニチェア
・食材と調味料
・アルコールスプレー
・虫除《むしょ》けグッズ
・ゴミ袋・ビニール袋
・キッチンタオル
・食器（紙コップ・紙皿など）
・スポンジ・洗剤
・食品保存袋・ラップ・アルミホイル

ＬＩＮＥで情報を共有しつつ買うことになるだろう。ひと通りメモを取り終わると、俺は買い物に行こうと綾瀬《あやせ》さんの部屋をノックして声をかけた。

すると、なにやら扉の向こうでドタバタしている音が聞こえてきた。

「ちょ、ちょっと待って」

焦ったような綾瀬さんの声。慌ただしい様子で、もしかしたら仮眠でも取っていて起こしてしまったのかもしれない。

すこし待つと、ノブが回って綾瀬《あやせ》さんがドアを開けて出てくる。

「そろそろ買い物に出ようと思うんだけど——」

「あー、うんうん。買い物ね。えっと」

綾瀬さんは「それなんだけど、水着……買ってもいい？」と小さな声で言った。

「あれ？　でも沙季《さき》、昨年のプールに着てきたやつじゃダメなの？」

あとになって思えばとんでもなくデリカシーに欠ける問いだった。

俺は、学校の制服やら体操服やらと同じように水着を考えていて、あまりファッションだという意識がなかった。変わらなくて当たり前、みたいな。

「2年連続で同じのはちょっとね。流行だって違うし」

「流行……。なるほど」

それもそうか。お洒落《しゃれ》に気を使う子だったら、そういうものかもしれない。キャンプに行くメンバーと昨年のプールに行ったメンバーで重なっているのは俺だけだし、俺にはその年の流行《はや》りの柄も色もわからないのだけれど、それで妥協するような綾瀬さんの美意識ではない。

「そう、そういうものなの。武装的にもね。アイテムのレベルが落ちるのはちょっと」

「わかった。じゃあ、その時間も取ろうか」

綾瀬さんは、ほっとしたような息をついてから「すぐに支度するから、玄関で待ってて」と言った。

午後の暑い時間だったけれど、俺たちふたりはキャンプの買い出しへ。

行先は、ハチ公像から見て北西の方角へ400メートルほどのあたりにある生活雑貨を探すならここだろうという誰もが知る店。ハンズ渋谷《しぶや》店だ。

オルガン坂と井の頭通りの交わる角にハンズ渋谷店の入り口はある。

建物の中に入るとひやりと肌に冷気があたった。

熱波による息苦しさからは解放されたが、隣の綾瀬さんが肩を抱いて身をすくめるようなしぐさをする。

「寒い？」

「ちょっとね」

綾瀬さんは肩に羽織っていたシアー素材のアウターに腕を通した。

さて、アウトドアグッズはどこだろう。どこかに案内はないかと探すと、入り口の傍《そば》にフロアガイドがあった。『1A：アウトドア』とある。

「ってことは1階か」

「Aって、どっち？」

この店は、フロアが半階ずつ互い違いに重なるような不思議な作りになっている。1階に至っては、1A、1B、1Cと3フロアもあるのでややこしいのだけれど、幸い1Aフロアは正面口から入ってすぐだった。

棚にずらりと並ぶのは、色とりどりのアウトドア用のアパレルだったりバッグだったり雨具だったり。カンテラ、懐中電灯、ヘッドライトなどの夜間用の明かりの数々。これらはまあ、泊まりではない俺たちには関係ないか。タンブラーとか、各種カトラリー、使い捨ての皿に紙コップなど。

綾瀬《あやせ》さんが楽しそうに棚を見回しながら言う。

「何が必要なんだっけ？」

「いちおう、メモをしてきた」

スマホに表示させてから見せる。

綾瀬さんはメモを睨《にら》みながら、「けっこうあるね」と言った。

「まあ、食材は読売《よみうり》先輩が買ってくれることになったし。ほら、大きなクーラーボックスがあるのは先輩だけだからさ」

「ああ、そうだったっけ」

「それに、ほとんどの品はキャンプのときしか使えないってわけじゃないから買っても無駄にはならないと思うよ。ゴミ袋とかキッチンタオルとか洗剤とかなんて、普段でも使うでしょ」

それもそうだね、と綾瀬さんが頷《うなず》いた。

もちろん代金は割勘することになっている。レシートは保存しておかないと。

「ねえ。このリストなんだけど、私のＬＩＮＥにも送ってほしいな。で、さ。私はこっちから、浅村《あさむら》くんはそっちから回って分担しようよ。見つけたものを伝え合えば、半分の時間で済むんじゃない？」

綾瀬さんは「こっち」と言いながらフロアの左手を「そっち」と言いながら右手を指さした。1Aフロアの左右から攻めていくという両面ローラー作戦らしい。

そういえば、と思い出す。綾瀬さんは、俺の服を選んでくれたときも、躊躇《ちゅうちょ》することなく、すいすいと店の棚を巡っていったっけ。もしかしたら彼女の脳内には買い物の経路が一筆書きで瞬時に描かれてしまうのかもしれない。巡回セールスマン問題でも楽々と解いてしまいそう。

と、そんな妄想はともかくとして。彼女の言葉をもっともだと思ったので、俺はさっそく買い物リストをＬＩＮＥへと送る。

そして俺たちはそれぞれかごを抱えてフロアの左右に散った。

見つけた品を買い物かごに入れて品物の名前と【あったよ】のメッセージを送る。すると、「りょ！」という看板を掲げた猫スタンプがぽこんと返信されてきた。初めて見るスタンプだった。「りょ」って確か「了解」の意味だったっけ。クールな綾瀬さんにしては、ノリの軽いスタンプで珍しかった。奈良坂《ならさか》さんとかの影響だろうか。

真面目な顔で猫スタンプを送っている綾瀬さんを想像して思わず口角があがり、俺はとっさに手で口許《くちもと》を覆った。きょろきょろと周りを見回してしまうが、当然のように誰も俺のことなど注目していなかった。

彼女のほうも見つけたようで、【あったよ】と送ってきた。俺は文章で【了解】と返した。綾瀬《あやせ》さんのように可愛《かわい》らしいスタンプは持ってないからしかたない。もしかしたら同じやつを返したほうが喜んでくれるんだろうか？　……まあ、あとで検討しよう。

ぽこんぽこんとＬＩＮＥのメッセージを送り合いながら、俺たちはフロアを左右から攻略していった。共同作業だから捗《はかど》る。

そしてちょうど真ん中あたりで落ち合った。

「ふう。これでひととおり揃《そろ》ったかな」

「けっこうな量になったね」

かごの中を見下ろしながら綾瀬さんが言った。

「とりあえず、確保できたものをグループＬＩＮＥのほうに流しておくか」

俺は、これからレジを通す予定のリストをメッセージにして流した。

すると、ぽこんとメッセージの通知音が鳴った。読売《よみうり》先輩からの返信だ。

【こっちは食材を買ったとこだよぅ。肉、追加して多めにした！】

いつもの口調そのままでメッセージが送信されてきた。改めて、あの口調って別に作ってるわけじゃないんだなぁと妙な感想をもってしまう。

ぽこんと、小園《こぞの》さんの「やったー！」というスタンプが表示される。肉を咥《くわ》えた子犬のスタンプだった。

綾瀬さんが【調味料はどうしますか？】と真面目な質問を投げていた。

【調味料もこっちで用意しとくから！】

【家で胡椒《こしょう》と塩の未開封のやつ見つけたので確保しました。持っていきます】

読売先輩と小園さんの返信を見て、俺は頷《うなず》いた。これで、消耗品は、どうやらひととおり揃ったようだ。

「えっと、何か入れてないのある？」

綾瀬さんがかごの中の品を確認しながら言った。

「あとは折り畳めるミニチェアだね」

「あ、それ、私が歩いたところにあった」

「じゃあ、見に行こう」

案内されてミニチェアの置いてあるコーナーに行った。

綾瀬さんは真っ赤な可愛らしい折り畳み椅子を選び、俺もその横の椅子に手を伸ばそうとしてから気づいた。

「あー……色違いのお揃いは避けたほうがいいか」

俺たちが家族であることを知っている読売先輩には気にならないことだろうが、それを知らない小園さんはどう思うだろうか。

俺の発した言葉を聞いて、綾瀬さんも気づいたようだ。

「というか、浅村《あさむら》くん。小園さんには私たちのことどう説明する？」

「義理の兄妹《きょうだい》だって打ち明けるかどうかってこと？　それとも、恋人同士だってことまで伝えるかどうかって話かな」

　恋人、という単語を口にして、俺は思わず店内に視線をさ迷わせてしまった。

　近くにひとがいるかどうか確認せずに思わず言葉にしてしまったけれど、誰か知り合いに聞かれてたらと思うとちょっと気恥ずかしい。

「それは……ええと、でもね。小園《こぞの》さんって渋谷《しぶや》にバイトに来ているってことは、渋谷の街を歩いてても不思議はないってことだよね」

「そう、だね」

「じゃ、私たち、恋人だってバレたくなかったら、もしかして外でも恋人的な振る舞いって、しないほうがいいってことになるよね」

　言いながら、綾瀬《あやせ》さんの声が小さくなった。

　俺はその様子を見て理解する。

　つまり、そうなってしまったら「家では兄妹《きょうだい》として」「外では恋人として」というこれまでの方針を転換しなくてはならなくなるわけだ。どこにいても兄と妹としての振る舞い以上のことはできなくなる。

　そうなったらそれは、もはやふつうに兄妹なだけなのでは？

　親父《おやじ》と亜季子《あきこ》さんは安心するだろうけれど、俺と綾瀬さんの心の内に育ってしまった互いへの想《おも》いはどこへ行ってしまうのだろう。そんな状態になっても俺たちは今まで通りに過ごせるんだろうか。

「でも、小園さんの高校は水星《すいせい》じゃないし、明日の待ち合わせの話をしているときも、最寄り駅は渋谷ではないって言ってたよね」

「そう、だね。そうか……じゃあ、私たちがこうして一緒にいるところを見られる可能性も少ないし、見られても校内で噂《うわさ》が広がるとか考えなくてもいいってこと？」

俺は頷《うなず》いた。綾瀬さんはわずかに安堵《あんど》の表情を浮かべた。

だが、俺は頷いたけれど、それが根本的な解決にはなっていないことにも気づいていた。外では無理をせずにふつうに振る舞いたい――ということは、こうして一緒にいるところを常に近しい人に見られてしまう可能性を秘めている。

そうなったらどうするかを、俺たちはまるで話し合ってこなかった。

小園さんにどう説明するか。

そういう小さな問題じゃなかった。

小園さんみたいな立ち位置の人間は小園さん以外にもたくさんいるのだ。

恋人として自然に振る舞うということは、いつかどこかで誰かに知られるということを覚悟しなくちゃいけなくて、そうなったときにはたぶん決断を迫られることになる。

誰かと付き合っているなどというプライベートな情報は、確かにわざわざ周囲に言ってまわるようなことではないのかもしれない。けれどそれは説明しろと迫られる状況の発生を回避できる魔法の言葉ではない。

「まあ、とりあえずお揃《そろ》いの椅子を買うのはやめておこう。詮索されるのは綾瀬さんも好きじゃないよね」

「それはもちろん……そうだけど」

語尾が濁る。

「なにか気になることでも？」

やや口を尖《とが》らせて綾瀬《あやせ》さんが言う。

「不倫特集のときに言ってた。浮気する夫は外では独身のフリをしたがるって」

「ぐ」

もうワイドショーとか見るの、やめたほうがいいんじゃないかな。

「俺はそんなフリなんてしないよ」

「わかってる。浅村《あさむら》くんがそんなタイプじゃないって。わかってるんだけど」

結婚指輪が何のためにあるのか、なんとなくわかったような気がする。

「とりあえず、この件はあとでふたりでゆっくり考えることにしよう。さすがに明日までには時間が無さすぎる」

「うん……」

俺たちは、自分たちの関係をさりげなくうまく伝える方法をまだ見つけていない。

親同士の再婚でできあがった義理の兄と妹にして恋人同士——そんな関係性を。

突っ込んで訊《き》かれたらどう答えるかはわかりかねて、なんとなく曖昧にはぐらかすしかないんじゃないかな、という消極的な結論のままレジへと向かった。

「で、あとは水着だっけ？　でも、ここには売ってなさそうだなぁ」

いや売っているのかもしれないが、綾瀬《あやせ》さんの場合は、着ればいいってもんじゃないだろうし。

「お店は当てがあるんだけど、付き合ってもらえる？」

「それは……いいけど」

「あ、もちろん荷物は半分もつよ」

これくらいはだいじょうぶだと言いたかったが、あまり遠慮しすぎても綾瀬さんは気を悪くするかもしれない。

じゃあと言って袋を片方渡した。軽い方を。

ハンズを後にした俺たちは、店の緑のロゴが入った紙バッグを片手に提げ、渋谷《しぶや》のセンター街へと向かった。

辿《たど》りついたのはビーチウェアの店だった。イタリアンブランドらしきその店は、店の外にまで水着とレッグウェアが飾ってあって目のやりどころに困る。

少し近寄りがたかった。

イタリアの服といえば、と綾瀬さんが軽く語ってくれたところによれば、カジュアルというよりは優美でセクシー、なのだそうだ。

もちろん、例外はいっぱいあるんだけど——と綾瀬さんは語る。そう言われても、何がどうちがうのかさっぱりだが。

「じゃあ、ここで待ってるから」

店の斜め前で待っていようとする俺を綾瀬さんが訝《いぶか》しげな瞳で見る。

「なに言ってるの」

「え、だって……」

昨年は別々に水着を買ったじゃないか、と思い、いやそういえばあの時はまだ恋人同士ではなかったっけ、と思い出した。えっ、まさか恋人同士って水着を一緒に買いに行ったりするものなのか？

「ん」

と、空いたほうの手を差し出されては握り返さないわけにもいかず、俺は牛飼いに引きまわされる牛のように彼女とともに店の入り口を越えた。もう引き返せない。いちおう左右を見回して安全確認はした。よし、誰も知り合いはいない。暑さも峠を越えていて、手のひらに汗が滲《にじ》むことを気にしなくて済んだことは幸いだった。

「外では？」

綾瀬さんが呪文のように唱える。

「……恋人らしく」

言葉を引き取ってから俺は観念した。

男子高校生にとって女性の水着が並ぶ棚の前を通過することは心臓にとってよくない体

験だと思うのだけれど、そうも言っていられない。目を逸《そ》らして俯《うつむ》いてしまいそうになる

心に必死に言い聞かせる。やましいことはしていない、と。

この店でも綾瀬《あやせ》さんの歩みは躊躇《ためら》うことがなかった。

まるで最初から決めてあったかのように店内を歩き回ると、水着をひとつふたつ手にとってはその都度都度に「これ、どう思う？」「似合う？」と意見を聞いてくる。

これが派手で真っ赤なビキニとかなら、さすがに派手すぎるんじゃない？　とか言えるのだろうけれど。

綾瀬さんの選ぶものは極端に派手なものでも布面積の少ないものでもなく、純粋にデザインで選んでいるらしくて、意見を求められても何を言えば正解なのかがわからない。

「ええと、俺は女性の水着なんて詳しくないから、意見を求められても……その、答えようがないというか……」

そうしどろもどろで返すと、少し困ったような表情を浮かべてから、はっと何かに気づいたような顔になる。

「ええとね……。そういうことじゃなくて。正直、正解とか不正解とかはどうでもよくて、私は会話したいだけ。水着の感想は、そのネタっていうだけだから」

俺はそう言われても首を傾《かし》げてしまう。「これどう思う？」みたいな、疑問形で言われたことを、ネタだと思って考えたことなんてなかった。

「意見を返さなくても良いってこと？」

「感想を返してくれればいいかな」

難しいことを言われた。

俺が首を捻《ひね》っていることに気づいた綾瀬さんは、ふたたび困った顔をしてから眉を寄せて考える。うーんと唸《うな》ってから、片手に持っていた青い水着をハンガーに掛けたままふたりの間にぶらさげた。

「ええとね。これ、どんなふうに見える？」

青い水着の上下はそれぞれ上から下に向かって水色から青へとグラデーションで色が変わっていくという変わったデザインをしていた。まるで遠浅の水辺の空色から深海の濃い碧《あお》へと変わっていくようなイメージ、というか。

俺は思いついたその印象をそのまま綾瀬さんに向かって言う。

綾瀬さんはふむふむと俺の言葉を黙って聞いていた。

「あと、腰の左右で縛ってるだけだと、解《ほど》けてしまいそうで怖い」

そう付け足したら、ぷっと綾瀬さんは吹き出した。

「競泳みたいに激しく泳がなければだいじょうぶだと思うけど」

「そういうもんか」

「それにリボンはフェイクのものもあるから、心配だったらそういうのを選ぶとかね。これはちゃんと結ばないと駄目なやつだけど」

「はー」

なるほど。そういうものもあるのか。俺は素直に感心してしまったのだが、綾瀬《あやせ》さんはそんな俺を見て、またくすくすと笑うのだった。

「いやだって、そんなの知らなかったって」

「たしかに、男の子の水着で左右にリボンが付いてるのって見た覚えない」

「だろうね」

「あってもいいと思うけどね。かわいいし」

残念ながら男性用水着に可愛《かわい》らしさを求める文化は、まだまだ発達しているとは言い難《にく》い。

「で、感想ってこんなのでいいの？」

「うん、そういうのが聞きたかった。正しい水着を選びたくて訊《き》いたわけじゃなくて、買い物をしている今このときの楽しい気分を共有したかったの」

ああ、なるほど。

情報の共有というよりは感情の共有のための会話ってことか。

綾瀬さんはそのあとも棚を回りながら気に入った水着を手にとっては俺に見せてきた。俺は見えたままの印象を返して、そうすると綾瀬さんも自分の思いついたひとつふたつの言葉を返して次へと進んだ。

繰り返しているうちに俺はこれって何かに似ているぞと思い返して気づいた。

そうかこれ、映画を見たあとの会話みたいなもんか。

映画の感想に正解はない。もちろん意見はある。ああしたほうがよかった、こうすればもっと盛り上がった。映画の作り手同士の感想戦ならば、あるいは映画好き同士の会話ならば、そういうものになるのかもしれない。けれど、親しい友人と一緒に映画を観《み》たあとの喫茶店で語る会話はちがう。

互いの感想を言い合って、楽しかった映画を見た時間を共有したいから語り合う。

感情の共有のための会話、か。

繰り返しているうちに、自分が女性の水着専門店にいるという違和感も消えてしまった。

隣を歩く女の子の明るい色の髪が店内の照明に照らされてきらきらと光っている。

真剣に水着を選ぶその表情をいいなと思う。

交わす会話が互いのテンションを共有してくれる。

店を出ての帰り道。綾瀬さんが大きく空に向かって伸びをしながら言う。肩からぶらさげた紙のバッグが揺れた。

「あー、楽しかった」

空はすでに暮れており、帰ったらすぐに夕食にしないと明日の朝に起きられなくなってしまう。勉強を早めに済ませておいてよかった。

ビルの谷間を駆けあがる月を見ながら俺も綾瀬さんに向かって頷《うなず》いた。

「楽しかったよ、俺も」

●7月30日（金曜日）綾瀬沙季《あやせさき》

昼食のとき、明日の買い出しに行かないかと浅村《あさむら》くんに誘われた。

そのタイミングでふたりのスマホが同時に着信音を奏でる。送られてきたメッセージは読売《よみうり》先輩からのものだった。

【確認してると思うけど、現地は滝や屋外サウナもあるよ！　水着もよろ～】

読んで思わず喉からヘンな声が出た。

今年は受験生だ。外出して遊ぶことなんてことはまったく頭になくて、だからもちろん水着を着るつもりもなくて……。バーベキューだけだと安心してたのに。

昼ご飯を浅村くんとふたりきりで食べつつも（お母さんは睡眠中で、お義父《とう》さんは会社だ）、私はだいじょうぶだろうかと心配になって気もそぞろになってしまう。

食事を終えて部屋に戻る。衣装箪笥《だんす》を漁《あさ》って昨年買った水着を取り出した。

「だいじょうぶ、だいじょうぶ……のはず」

椅子の背に引っ掛けておいてから、私は着ていたTシャツを脱ぎすてる。下着に手をかけたところで、はっと気づいていちおう部屋の鍵を確かめた。

うん、ちゃんと締まっている。

では――。

確かめたいことを確かめるには全部脱がずに上だけでも充分だろう。脱いでから椅子の背に引っ掛けておいた水着と取り換える。そのまま首紐《くびひも》の部分を頭から通して胸に当てた。そして、背中に両腕を回してホックを引っ掛ければ……。うっ。

たらりと心の内側に汗が流れる。

胸から背中にかけてのあたりでつっかえる感じがして、微妙にホックを留めづらかったような……ような。

私は床に広げていた水着の下も思い切って手に取る。

——錯覚、きっと錯覚だ。

だが、世界の真実は残酷だった。下のほうも腰まわりが微妙にむちっとしているのに気づいてしまった。

もしかして。ううん、やっぱり、太っ……た……？

気づかないフリをしていたけれど、実のところすこしは気づいてた。体重計には毎日乗っているから、体重がちょっと増えてるなぁと思っていた。が、最近は球技大会の練習でがっつり運動してたりしたから筋肉量が増えたのかなと思って、あまり気にかけないようにしてきたのだ。けれど、胸や腰回りもとなると、これは自分を騙《だま》せない。ちょっと油断をしていたのかもしれない。

私は部屋にある姿見に体を映しながら、よせばいいのにお腹《なか》のあたりの肉を摘《つ》まんでみたりしてしまう。というか、摘まめるというのがもうね。

だめだ。この水着は着られない。新しく買い直さないと……。

内心の冷や汗を落ち着けようと深呼吸したところでノックの音が響いた。

ひゃっ、と声が出かけた。

さすがにこの格好ではドアを開けて出られない。

「ちょ、ちょっと待って」

声が裏返りかけてしまった。

浅村《あさむら》くんをドアの前に待たせてしまったけれど、私は手早く着替えを済ませ、昨年の水着をベッドの上に放り投げる。上から布団をかけて隠してからドアを開けた。

中に入れるつもりはなくとも、そんな人ではないと思いつつも、ドアの隙間からでも見られたくはなかった。

浅村くんがそろそろ買い物に出ようと言う。

私は了承しつつも、ついでに水着を買ってもいいかと尋ねた。そうしたら浅村くんは昨年、私が新しい水着を買っていたことをちゃんと覚えていて、それでいいのではないかと言ってくる。覚えててくれたのは嬉《うれ》しいけれど、だめだ。その願いは断じて聞くわけにはいかない。

動揺を悟られないようにと願いつつも、私は適当な言い訳をでっちあげて浅村くんを強引に説得した。アイテムのレベルが落ちるとか意味わかんないんだけど。でも、そういうものかと納得してくれたみたい。

ごめんなさい。太ったことを悟られたくないだけです。

キャンプ用品を買うために私たちが向かったのはハンズの渋谷《しぶや》店だ。

夏の渋谷中心街なんて、暑いうえに人通りも多いから、暑さ真っ盛りのこの時間には歩きたくないところなんだけれど、遅い時間では明日のキャンプに差し支えかねないからしかたない。

建物の内に入ると、ひんやりと肌に冷気を感じた。思わず両腕を抱いてさすってしまう。

「寒い？」

「ちょっとね」

そう答えつつ、こんなこともあろうかと用意していたアウターを着た。

入ってすぐにアウトドアグッズの売り場はあった。

棚をぐるりと眺め渡して、どの順番で回ったら効率的かなといつものように考える。

浅村《あさむら》くんに尋ねる。

「何が必要なんだっけ？」

彼はメモしてきたリストをスマホに表示させて見せてくれた。

ずらりと並んだ品々は日帰りキャンプなのにけっこうな種類がある。

私はもういちど売り場を見回した。

浅村くんと私、ふたりいるんだし、二手に分かれて別々に探したほうが早く終わりそう。

提案して、買い物リストを私のスマホに送ってもらう。

それぞれ買い物かごを持って売り場の左右に分かれた。

買うべき品を頭のなかで反芻《はんすう》しながら棚を巡り始めてから気づく。貴重なふたりきりの買い物時間を効率重視で回ってどうするのか。ふたりで並んで歩きながら棚をひやかしつつ巡ったりしたほうが楽しかったのでは？

あー……失敗したかも。

しょんぼりとしつつ歩いていると、ぽこんとスマホが鳴る。【あったよ】と浅村くんからのメッセージだ。虫除《むしょ》けスプレーを見つけたらしい。

この調子だと、あっという間に買い物終わっちゃうなあなんてぼんやり考えていたからか、私はふだんなら絶対送らないだろうスタンプを押していた。この前、真綾《まあや》に買え買え言われて購入させられた、猫の絵柄のやつだ。猫が「りょ！」とか訳のわからない看板を掲げている。「了解」の意味らしくて、真綾ってば最近は私がメッセを送るとすぐにこいつを送り返してくる。おかげで私も付き合って指が勝手にこれを叩《たた》く。

送ってから気づいて恥ずかしくなった。

柄でもないと心では身悶《みもだ》えつつも棚を見てまわる。今度は私の方が見つけて伝えた。浅村くんは、いつものように【了解】と平文で送り返してくる。彼らしい真面目な返しで私は思わず口許《くちもと》を緩めてしまった。気づいてあたりを見回してしまう。誰も見てない、よね。

棚を回って、リストにあるアイテムを見つけると、そのたびに短いメッセージをやりとりする。私はいちど送ってしまった手前、返信には猫のスタンプを押しつづけた。

スマホの画面に看板を掲げた猫が並んでいる。

合間に彼との短いやりとりが入る。

そうするうちに楽しくなってきた。売り場のあっちとこっちで離れているのに、短文をぽんぽんと送り合っていると、まるで一緒になって買い物をしているみたいで。

棚を見るのも楽しい。数々のキャンプ用品の中で私が惹《ひ》かれたのは、夜間の為《ため》のLEDライトの数々だった。とくに古いランプの形を模したやつがいいなって。持ち手が付いていて透明なガラスの覆いの中に明かりの芯があるような——まあ芯はオイルランプのように綿ではなくて、そこにLEDライトが付いているわけだけど。おとぎ話に出てきそう。部屋のインテリアにひとつ欲しいくらいだった。今度、時間があるときにでもゆっくり見て回りたいかも。

順調にリストの中身を揃《そろ》えると、ちょうど売り場の真ん中あたりで浅村《あさむら》くんとぶつかった。ふたりのかごの中を見て、ひととおり揃ったことを確認すると、あとキャンプ用品で買う物はミニチェアだけとなった。

棚を回っているときに見たっけ。

案内した先にあったミニチェアの中から、赤い色のちょうどいいやつを見つけた。

私はこれにする、と言って手に取る。すると、浅村くんもすぐ隣のお揃いのやつに手を伸ばそうとして、すぐに手を引っ込めた。どうしたのかなと思ったけれど、浅村くんのつぶやきを聞いて納得する。

そうか、私とお揃いであることを気にしているんだ。

思い出した。小園《こぞの》さんは妙なところで勘が鋭いんだった。私と浅村くんの両方ともがお弁当を『家族に作ってもらった』と返しただけで違和感を感じていたんだっけ。

あのときも浅村くんと私のランチバッグは色違いのお揃いで、だから私は咄嗟《とっさ》にランチバッグを彼女から見えない場所に移動させたのだった。

浅村くんが何を気にしているかはわかった。

だから、私は率直に尋ねる。

「小園さんには私たちのことどう説明する？」

あの子は勘がいい。そして頭もいい。だから、同じ店で買ったであろうキャンプ用品で揃えていったら疑問に感じるはず。お揃いってことは恋人同士なのかな、というふうに勘繰るのではないだろうか。いや勘繰りじゃなくて事実その通りなんだけど。

そのときの私は、具体的にどうしたいという考えがあったわけじゃなかった。

ただ、なんとなく自分のことをよく知りもしない人からあれこれ自分のことを想像されることが嫌だなって。それくらいしか考えてなかった。

よく考えてみればおかしな話ではある。だって、そういう想像なんて、私たちが手を繋《つな》いで歩いているときにすれちがう人たちだって何かしら頭の中で思い描いているはずなんだから。

でも、理性と感情は別物なんだ。

なんとなく嫌は、なんとなく嫌なのだった。

浅村《あさむら》くんは私の言葉を聞いてしばらく考えてから、ならば小園《こぞの》さんに自分たちの関係性をどこまで打ち明けるか、という具体的なラインを提案してきた。

義理の兄妹《きょうだい》だと打ち明けるか。

義理の兄妹なうえに恋人同士でもあると打ち明けるか。

前者は読売《よみうり》先輩も知っていることだから、小旅行のときに持ち出しても問題なさそうに思える。しかし後者だと、同時に読売さんにまで私たちが恋人関係にあることがバレてしまうわけだ。これはけっこう気恥ずかしい。

そして、義理の兄妹である、とだけ打ち明けるとして。

小園さんがその説明で納得してくれるかどうかはまた別なのだった。

ならばもういっそ何も言わないことにして隠してしまうか。

とも考えたのだけど……。

「小園さんって渋谷《しぶや》にバイトに来ているってことは、渋谷の街を歩いてても不思議はないってことだよね」

バレないようにって考えるなら、渋谷にいる限りは私たちは手も繋《つな》げないということになるのでは？　そうなったらそれは、もはやふつうに兄妹なだけなんじゃ。

1年前ならばそれでも問題なかったろう。

今はもう自分でも無理だとわかっている。

せっかく気持ちを確かめあったのに手も繋げないとか、ましてやキスなんて論外だとか。そんな状態では私は「浅村悠太《ゆうた》欠乏症」になる。彼はもはや、人類にとってのビタミンの如《ごと》く、私にとって必須栄養素なのだ。摂取できなければ深刻な健康被害を起こしかねない。私の思考があらぬ方向へと暴走している間に、浅村くんは冷静に小園さんと渋谷エリアで遭遇する可能性は低いと分析していた。とりあえずほっとする。

けれど、じゃあ、どこまで小園さんに伝えるかという結論は出なかった。

どのみちそれ以上の議論をハンズの店内ですることもできない。

浅村くんはとりあえずお揃《そろ》いのミニチェアを買うことは諦めたようだった。痛くもない腹を探られるのは彼だって本意ではないのだろう。

詮索されないようにとの行動なのだけれど、私はふと理不尽なことを考えてしまった。

もしかしたら、小園さんは私と浅村くんがちゃんとした恋人同士であることを明かせば、あんなふうに浅村くんにまとわりついてきたりしないのでは、と。だったら、ぜんぶ明かしてしまったほうが……とも。

私はそんな考えを頭を振って払った。いけない。小園さんが浅村くんには特別まとわりついてきている、というのは私にはそう感じる、というだけの証拠もない感覚でしかない。もしかしたら、私の醜い嫉妬心の生み出している妄想なのかもしれないのだ。

なんとなく苦手という不確かな私の感情に浅村くんを付き合わせて、彼が望んでもいない告白を強いるのはちがうんじゃないかって思う。

私たちは、自分たちの関係は曖昧に濁そう、というぼんやりした結論を暫定的に引き出したところで、とりあえずその場を収めることにした。

キャンプは明日だからと言い訳して。

それこそが、もっともふたりがすり合わせるべきことだったんじゃないか、という心の内側の声を押し隠して。


もやもやした気分を抱えつつも、それは心の底に沈めた。

新しい服を買うときはいつだって気分がアガる。そんな楽しい時間を無駄にしたくはなかった。買うことに決めた理由は昨年のやつが窮屈になったからなんだけど、そこはさておくとして、ね。まったく不可解きわまりないと思う。授業で使う指定水着はとくに気にならなかったのになぁ。

まさか2年連続で新しい水着を買うことになろうとは。

痛い出費だけど、ここはしかたない。

ただ、ふたりしてお買い物に出られる、という嬉《うれ》しい誤算もあった。

昨年は兄とはいえ義理であり、浅村《あさむら》くんは私にとってそこまで気を許せる相手ではなかった。なので、水着を買うときには別行動だったのだ。

目をつけていたイタリアブランドのお店に辿《たど》りつき、さあ、行くぞと踏み込もうとしたら、浅村くんってば、ここで待ってるとか言い出した。

「なに言ってるの」

　思わず口をついて出てしまった。

「ん」

　ハンズの袋を提げているほうとは反対側の手を浅村くんのほうに伸ばす。

　それから、彼に思い出させるべくつぶやいた。

「外では？」

「……恋人らしく」

　浅村くんが観念した顔をして言って、手を繋《つな》いでくれた。嬉しい。私は「彼といっしょに」買い物を楽しみたいのだ。ハンズでは効率を重視して別々に回ってしまったことを後悔しているくらいだ。

　明るい店内にはビーチウェアがところ狭しと並べられていて、ええとこういうのってなんて言うんだっけ――そう満艦飾だ。世界史の先生が語ってた。なんかいっぱい飾り付けてある状態を、そう言うらしかった。

　マネキンやハンガーを使ってディスプレイされている水着には使われてない色はないんじゃないかってくらいで、目も綾な華やかさで見てまわるだけでも楽しい。口角があがる。気分もあがる。

　ところが手を繋ぎながら歩いていると、なんだか浅村くんの顔色が冴《さ》えないことに気づいた。微妙に居心地が悪そうだ。

黙ったまま歩いてるからだろうか。

それで私は繋《つな》いでいた手をわざわざ離すと、目についた水着を手にとり彼に見せ、「これ、どう思う？」とか「似合う？」とか話題を振ってみることにした。話すきっかけさえあれば、おしゃべりできて気を紛らわせられると思ったのだ。

ところが浅村《あさむら》くんはなかなか感想を言ってくれない。

それどころか、自分は詳しくないから意見なんて言えないなどと言い出した。

いやそんなこと聞いてないんだけど——と考えて、はたと思い至る。これって、もしかして数日前、寝る前にネットで調べた「男性に好かれる方法」で読んだやつ？「男女ですれ違いがちなこと」という項目があり、そこに書かれていた。感情を一致させたいときに論理の一致を求めるような言い方をするな、と。

私は自分の発言を思い返してみた。『これ、どう思う？』『似合う？』……。

あー……これか。

服を選ぶとき、私は他人の意見を参考程度にしかしてこなかった。

相手がイイネと言っても自分が気に入らなければ着ないし、似合わないと言われようが自分の美意識に合えば着る。

何故《なぜ》かって？　だって相手の意見に左右されたら、結果も相手のせいにしてしまう。

私は、自分の行動の結果を人任せにするのが嫌いだった。あなたが良いと言ったからこれを着たのに恥をかいた、とか、絶対言いたくない台詞《せりふ》だった。

……だったら、いまの言い方はまずかったな。反省。

「ええとね……。そういうことじゃなくて。正直、正解とか不正解とかはどうでもよくて、私は会話したいだけ。水着の感想は、そのネタっていうだけだから」

そう言ったら、案の定、浅村くんはびっくりした顔になる。

私が欲しいのは感想だったし、目的は楽しい買い物のこの気分を浅村悠太《ゆうた》という彼氏と共有することだった。じゃあ、その目的の為《ため》にはどう言ったら良かったんだろう。

私は目の前の男の子の顔をじっと見る。

人によって違うのだろうけど、この目の前の浅村悠太という人物――小説内の登場人物の気持ちを汲《く》むのが私よりも上手《うま》いくせに、なにごとも過度に論理的に考えがちな男の子から意見じゃなくて感想を引っ張り出すには……。

そっか……。

「ええとね。これ、どんなふうに見える？」

私は手に取った青い水着の上下――セパレートタイプのやつだ――を見せながら、そう聞いてみた。先ほどと同じ疑問形の構文。でも、どのように見えるかと見え方を聞かれれば、良い悪い以外の言葉が出てくるはず。

案の定、彼は見えるものを見えたままに口にしてくれた。そうそう、そういうのが聞きたかったんだ。泳いだら水着が取れないかどうかを気にしていたのが実に彼らしくて興味深かった。きっと彼には海に入らずに海岸をそぞろ歩くだけの海遊びというものが想像の範囲外なのだろう。

それに、フェイクのリボンだったら、そんなこと心配する必要もないんだけど。

なんてことは知ってるはずもないのか。そういえば男の子の服にはチェーンやボタンがフェイクで付いていることはあっても、リボンって覚えがない。あったらそれなりにかわいいとは思うのだけど。

昨年着ていた浅村《あさむら》くんの水着ってどんなのだっけ。あの水着の腰の左右にリボンとか付いたら……と想像したら楽しくなってきてしまった。

そのまま言ったら、複雑な顔をされたけれど。

でも、私は浅村くんとの会話のコツをつかんだ気がした。彼は合理主義的すぎる。だから何か問題がそこにあるような訊《たず》ね方をされると解法を説きたがるのだ。

このタイプの人に見えるものを見えたままに話してほしかったら、言葉を省略して訊《き》いちゃだめなんだ。

やっぱり予習は何事においても大事なのだ。

そのあとぐるりと店内を巡ってから私たちは帰路についた。ずっとおしゃべりをしながら歩いていた気がする。楽しかった。

私が気に入って購入した水着を見て、彼はなにやら目を泳がせていたけれど、けっして気に入らないと思ってるわけではない、と言っていたから良しとしよう。

満たされた感情のまま、私は帰宅できたのだった。

●7月31日（土曜日） 浅村悠太《ゆうた》

キャンプ当日の朝。

午前5時すこし過ぎ、家を出ようかというタイミングで亜季子《あきこ》さんが仕事から帰宅した。

「気をつけて行ってきてね、悠太くん。沙季《さき》も――」

疲れているだろうに、そのまま見送ってくれる。

ちなみに親父《おやじ》は布団の中。新婚旅行（再婚旅行）に行ったときには、俺たちの留守番をずいぶん心配していたのに、今回はずいぶん余裕だ。時を経《へ》て俺たちの信頼値が上がったと見るべきなのかどうか。

俺たちは亜季子さんに行ってきますと告げてから家を出た。

エントランスを抜けてマンションの外に出ると、空が白かった。西のほうにすこしだけ夜の色が残っている。

俺たちが向かっているのは渋谷《しぶや》の駅前だ。バイト先の書店の脇の道で読売《よみうり》先輩の運転する車に拾ってもらえることになっていた。

6時の渋谷駅前は見慣れた人の波はなくてまだ閑散としていた。

スクランブル交差点を渡り、ひとつ脇の道を曲がる。

読売先輩の車は……っと。

「あれじゃない？　ほら、手を振ってる」

綾瀬《あやせ》さんが指さしている車はこちら側を前にして停《と》まっていた。真っ赤なワンボックスで、後ろに荷物をたくさん積めそうなやつだ。フロントガラスの向こうに見慣れた顔を見つける。和風のお人形のような黒髪美人——読売栞《よみうりしおり》先輩だった。

小園《こぞの》さんも、もう後部座席に乗り込んでいた。

他のアルバイトの仲間にも声はかけていたのだけれど、結局、都合がついたのはこの四人だけだった。夏休みの大学生はフェスだの旅行だのですでに予定が埋まっている人がほとんどで、ベテランのパートさんたちは、さすがに若い子の体力にはついていけないわぁとあっさり辞退。興味ありそうな人もいたにはいたがシフトの兼ね合いで泣く泣く不参加といった感じで、最初に企画した我々のみが生き残った。

読売先輩が窓を開けて俺たちに向かって「おはよう」と声を掛けてくる。

「後輩君は前、沙季《さき》ちゃんは後ろね」

読売先輩の言葉に綾瀬さんが「えっ」とわずかにたじろいだ。あれ？　なんか嫌がってるのか、これ？　けれども綾瀬さんのその表情は一瞬で消えてしまい、俺は見間違いだったのかと疑ってしまう。そのまま彼女はすんなりと後部座席に乗り込んだ。

やや首を傾《かし》げつつ、俺は言われたとおりに助手席に収まる。

後ろから小園さんが「えーっ、読売先輩、浅村《あさむら》先輩を独占しようとしてませんー？」などと言っているが、俺を独占しても何の利益もないだろうに。いや、眠気覚ましのおもちゃ程度の感覚はあるかもしれないが。

読売先輩がしれっと言い訳を口にする。

「だって、3人とも後ろだと、浅村くんぎゅうぎゅうハーレム状態でしょ？　そんなうらやましい状況、お姉さんは認めません」

「羨ましいですか、それ」

現実において鮨詰《すしづ》め状態な長距離移動というのは窮屈なだけだと思うのだが。

それに女性と密着するという妄想を男が楽しめるのは物語の中だけだ。主人公がそんな状況下に置かれても決定的に嫌われることはない、というお約束が成立するからであって、現実はそこまで単純ではないわけで。

いやまあ、もちろん相手が綾瀬さんだと限定できて、しかも付き合っている状態であるのならば、話はまた変わってくるかもではあるが――。

「まーた、後輩君は無駄にややこしいことを考えてるときの顔をしてるよう」

「……先輩がお気楽すぎなのでは」

「運転手に対する敬意が足りないな」

「へへー。お代官さまの言うとおりでございます」

へそを曲げて荒い運転をされても困るしな。

「うむ。くるしゅうない」

えらそうにそう言うと、お代官さま、もとい読売先輩は車を発進させた。

後部座席の小園さんがくすくすと笑っている。

朝から漫才をするとは思わなかったけれどしかたない。車を運転できるのはこの4人の中では読売《よみうり》先輩だけなのだ。俺が笑いものになっても、先輩が気持ちよく運転できるなら、多少のからかいは許容できる。

「浅村《あさむら》くんは、相変わらず童貞らしい潔癖さが初々しくてグッドだね！」

ぶっ。

「な、なに、平気で下ネタを口走ってるんですか！　バイトの時とはちがうんですよ」

車内は女性陣ばかりなのだ。朝早くからそこまで飛ばさないでほしい。

黙っていれば愛想のいい、接客上手の清楚可憐《せいそかれん》な和風美人で常連客からも受けがいいというのに。ちょっと気心の知れた相手には心の中の小さなおじさんが顔を出してくるのはどうしたものか。

「読売先輩って、そんなことも言うんですねー」

小園《こその》さんが感心したような口調で言った。見習わないでほしい。

「そんなことだけじゃないよぅ。あんなこともこんなことも言うよー」

「言わなくていいです」

「ふふん。後輩君ってば、女の子が多いからって紳士にならなくてもいいんだよぅ？　かっこつけるのは悪いことじゃないけどさー。若い子の特権だよねぇ。でも、すべての人類は年齢とともに誰もがおじさんになっていくものなのだ」

「女性がなるのはおじさんじゃなくて、おば――」

「ひどい！　女の子をおばさん呼ばわりした！」

「あー……。すみませんでした。そこは謝りますから……」

だめだ、ひとつ突っ込むと、みっつ返ってくる。

「大体さー。車の中、男女比1：3だからほぼぜんぶが女なんだし。下ネタのひとつやふたついいじゃん！」

「75％を、ほぼぜんぶって言わないでください。4分の1も男なんですよ。先輩も10個以内なら数個だって言い張る口ですか」

誰とは言わないが吉田《よしだ》のことである。土産物の10個入り饅頭《まんじゅう》をひとりでほぼ食べきったくせに、俺が食べたのは数個だと言い張って丸《まる》に怒られていた。

「まあまあ。細かいことは気にしない。受験生にも息抜きは必要だよぅ。今日一日は嫌なことはぜんぶ忘れて楽しもう！」

「おー！」

即座に返事をしたのは受験を終えたばかりの高1の小園さんだったけどな。

「まあ、今日くらいは受験は忘れます」

「そうそう。リラックス、リラックス。俯《うつむ》いていると幸せが逃げちゃうんだから」

あらためて読売先輩に言われて、俺は助手席に背を預けながら息を吐いた。

たしかに言うとおりだ。

お世話になった先輩との思い出作り、という消極的な理由だけでこのデイキャンプを終わらせるにはもったいない。

——もうちょっと俺も楽しまないと。

ふたりきりとはいかないけれど、恋人との小旅行でもあるんだし。

フロントガラスの向こうに広がる青い夏の空と白い雲を見つめながら、俺はもういちど深呼吸をした。肩の力を抜く。

車は渋谷《しぶや》の駅から徐々に離れていった。


山の中にぽっかりと木々を切り開いたような空き地があった。俺たちがデイキャンプを申し込んだ那須塩原《なすしおばら》のキャンプ場だ。

駐車場に車を停《と》めて、まずは受付所に行って受付を済ませた。

バーベキューグリル、燃料、トング、包丁、まな板など、貸し出してもらえるものの在《あ》り処《か》を確認してから、とりあえず車内の荷物を降ろすことにする。

車を停めた場所からしばらく行ったところに予約したスペースがあった。

地面をロープで区切っただけのエリアで、その範囲内であれば使ってよし、ということのようである。

「移動するときは、そのとき無人でも他のエリアに入っちゃだめだからね。注意」

読売《よみうり》先輩に言われて、俺たちは頷《うなず》く。

レジャーシートを敷いて、車内の荷物をぜんぶそこに降ろした。

「ああ、よく晴れててキャンプ日和だよ」

　読売先輩が空を見て言った。

　俺たちも釣られて顔を上げる。

　頭の上の空は青く、夏の雲がぽかりぽかりとふたつみっつ浮かんでいた。空気がおいしい。時折り吹く風が心地よい。

　山に来たなあという実感があった。深く息を吐いてしまう。

「よし、じゃあ、最初はタープ張りからやるよー」

　草地の上に大きな茶色の布が広がった。

「これが、タープね。こいつを頭の上に張って、屋根とゆーか庇《ひさし》にするわけだよ。ポールを立ててロープで引っ張るわけ」

「大きいですね」

　一辺が４メートルほどはあるだろうか。畳でいえば８畳ほどにあたる。ってことは俺の部屋の大きさと同じくらいってことだ。

「日差し強いし、さっさと張っちゃおうね。張り方の解説動画は送ったと思うけど、見てくれた？」

　全員が頷いた。

「ま、具体的にはわたしが指示するから、ちゃっちゃと組み立てちゃうよー」

　読売先輩の指示に従いつつ、なんとかかんとか張り終える。小さなハンマーでペグと呼ばれる杭《くい》を打つときが、手を打ってしまいそうで、ちょっとおっかなかった。

青空を隠すように広げたタープの下に、それぞれのもってきたミニチェアを置いてひと休みする。

葉の鳴る音が混じる風に耳をそばだてていると、いつの間にか時間が過ぎていた。

そろそろ正午に近い。

「じゃあ、俺、バーベキュー用の道具を借りてきますね」

ミニチェアから立ち上がりながら言うと、読売《よみうり》先輩も同意する。

「肉だ！　みんな、肉を食べるよ！」

「わあい！」

小園《こぞの》さんが嬉《うれ》しそうだ。

女性陣が料理の下ごしらえをしている間に、俺はグリルの火熾《ひおこ》しを担当することに。

「あ、後輩君。これこれ」

「はい？」

「着火剤と、点火用のトーチね。火熾しのやり方は例によって参考動画を見てくれれば後輩君ならいけるかと。何かわからなかったら遠慮なく聞いて。まあ、ここで見守ってるけどね」

調理用の簡易テーブルはグリルに相対してる俺からは、背中のほうにある。俺は先輩たちの作業を見守れないが、彼女たちからは俺の作業が丸見えだった。

「あとこれ。軍手。使い古しだから気にしないで使っていいよぅ」

「ありがとうございます」

言われるままに軍手をして火熾しに取り掛かったが、動画で見て理解したつもりでも実践で行うのは別物だった。炭が良い具合に焼けるまで想定時間の倍は掛かったと思う。

もたもたしていても怒りだすような面子《メンツ》ではないのが救いか。

俺のもたつきに比べれば調理担当の綾瀬《あやせ》さんはさすがの一言だった。毎日キッチンに立っているだけはある。視界の端でちらりと見ているだけでもてきぱきとしていて淀《よど》みがない。読売先輩も小園さんも「おー」と感心した声をあげている。

「沙季《さき》ちゃん、包丁の扱いうまいねぇ」

「まあ……いつも使ってるだけです」

「家で料理するんだっけ。ってことはいつも持ってきてるお弁当も自分で？」

「え」

ぎくりとしたのは俺だけじゃなくて、綾瀬さんもだったようだ。どう答えるんだろうか、と背中で聞きながらも心拍数が上がってしまう。

「まあ、たまには、ですけど。家族が作ってくれますし」

「あ、出た」

「ん？　なになに、絵里奈《えりな》ちゃん」

「前に聞いたときも、綾瀬《あやせ》先輩ってそう言ってたんですよね。『家族に作ってもらった』って。なんか独特の言い方だなぁって思ってて。浅村《あさむら》先輩もおんなじ言い方してたので……ひょっとしたら流行《はや》ってるんですか？」

「ほおう。なるほどなるほど。うん、実に興味深い指摘だね、ワトソンくん」

「わとそん？　だれですかそれ？」

「なんでもないよう。こっちの話」

本をあまり読まず、ゆえにシャーロキアンでもない小園《こぞの》さんは小首を傾《かし》げて問いかけたけれど、読売《よみうり》先輩はそれには答えなかった。読売ホームズ先輩ならば、俺と綾瀬さんが義兄妹《きょうだい》だと知っているのだから、おそらく家族が作ってくれてるという言い方が意味するところに見当がつくはずなのだけれど。

「はあ。ええと、で、あたしはお母さんが作ってくれてるんですけど。綾瀬先輩はちがうのかなぁって思って」

「まあ、料理を一家全員がもちまわりで担当してる家だってあるだろうしねー」

「あ、なるほど。そういうことですか？」

「そんなとこ」

綾瀬さんが言葉を濁した。

「まあ、沙季《さき》ちゃんが料理上手なのはよーくわかった。で、野菜はそれくらいあれば充分かな。ほら、絵里奈《えりな》ちゃんはこっちのお肉を切って！」

「え、あ、はい。大きい肉ですねー」

小園さんは家ではまったく料理をしないらしく、包丁の扱いもあぶなっかしかった。塊になっている肉を相手に悪戦苦闘している。

肉なんて切るだけならば簡単、と思いがちだが、厚みを揃《そろ》えないと火の通りはばらばらになるし、繊維は断ち切ったほうが柔らかくなって食べやすい。色々と気にするべきところはあるわけだ。俺も自分が料理をするまで欠片《かけら》も知らなかったことだけれども。

そのあたりをいちいち読売先輩に指導されていて、軽くパニックになっていた。

ちらりと横目で見たときには、包丁を強引にまな板の上で押しつけて、ふたつにぶち切れた肉の塊をもうすこしで板の上からすっ飛ばすところだった。

途中で見兼ねた綾瀬さんが包丁の使い方を教えていた。

それでも、持ち前のひたむきさであわあわしつつも肉と格闘をつづけた。

「できました！」

それをちらちらと横目で見ていた綾瀬さんが、ほっとしたように小さく息をついた。

「うんうん。よしよし。じゃあ、次はこっちの肉だよ」

読売先輩に頭を撫《な》でられて小園さんは目を細める。

「綾瀬さん、そろそろ焼き始めてもだいじょうぶだと思うよ」

「あ、うん」

綾瀬さんは紙皿の器に野菜を載せてグリルのほうへと持ってくる。

お皿を見せながら言う。

「時間のかかるものから焼いたほうがいいと思う。玉ねぎとか椎茸《しいたけ》とか。ピーマンとナスはすぐ焼けちゃうから最後でいいよ」

「トウモロコシは？　わりと時間がかかるイメージだったけど」

「表面を火に向ければ早いほうだと思う。芯を軸にして立てちゃうと時間かかるけど」

芯を軸にして……トウモロコシをタワーのように置いて焼けばってことか。

その発想はなかった。

綾瀬《あやせ》さんによれば、焼くのに時間がかかるのが玉ねぎ、焼くのに手間がかかるのがトウモロコシ、なんだとか。

「トウモロコシは周りに焼きムラができないようこまめに転がさないといけないから手間はかかるかも。あと転がり落ちちゃうから注意」

「ＯＫ」

と言いながら、網に載せたら、さっそく転がり落ちそうになる。慌ててトングで押さえて事なきを得たけれど、綾瀬さんに呆《あき》れた顔をされてしまった。

「だから言ったのに」

「ごめんごめん」

俺は謝りつつも、網の上に野菜を並べていく。

「あと、そのままで食べられる野菜も用意しておいたから」

綾瀬さんが視線を投げるほうを見ると、ミニテーブルの端にスティック状に切り揃《そろ》えたニンジンとかキュウリとかパプリカとかが見えた。

「さっぱりしたものも欲しいかなって思って」

「ありがたい。しかし、これきれいに切ってあるなぁ」

輪切りにした玉ねぎは形を崩さずに串を通してあるし、ナスは寸分違《たが》わず同じ厚みに切り揃えてある。

「そう？ ふつうだと思うけど」

「いやいや。充分、頭を撫《な》でられてもいいレベルだと思うよ」

先ほどの小園《こぞの》さんと読売《よみうり》先輩のやりとりを思い返しつつ、ぼそっとそう言ったら、綾瀬さんに小さな声で「ばか」と返された。

「頭がどうしたって？」

読売先輩の声に、ぎくり、とふたり揃って身を竦《すく》める。

背後に音もなく立たないでください。

「え？ なんのことですか」

「なんのじゃないよう。肉、焼きにきたんだけどー。なんか、しっぽりとふたりで会話してたんで入りにくいったら」

「いやいやいや。なに言ってるんですか」

「野菜の焼き方を教えていただけですよ」

言いながら、綾瀬《あやせ》さんは俺から離れて向かい側へと退避した。

読売《よみうり》先輩が俺の右側に、小園《こぞの》さんが左側にやってきて囲まれる。やはりこの人数比だと肩身が狭い。

読売先輩は肉の載った皿を俺に差し出しながら言う。

「まあ、なんでもいいや。肉の前にはすべては些事《さじ》！」

「です！」

「さあ、焼くよぅ」

「おー！」

小園さんの大きな声に、遠慮するような綾瀬さんの小さな「おー」が重なる。

無理に合わせなくてもいいんじゃないか？

左右から聞こえてくる肉への熱いラブコールに、俺は皿の上に載せられた肉をひたすら焼く作業へと没頭することになった。

焼く。食う。焼く。食う。肉。野菜。肉。野菜。さらに肉！

なんか、俺の知るバーベキューとちがう。

こんなにひたすら食べたっけ？

「しかし、こう……。確かにおいしいんですが、ご飯、欲しくなりますね」

「飯盒《はんごう》はもってこなかったからねー。電源が取れる電気自動車だったら、炊飯器で米を炊くって手もあるけど。まあ、食事は一回だけだからいいかなって」

「飯まで炊けると便利ですけど。というか、そうなるともうテントもいらないのでは？」

「そのまま異世界に行っても安心！」

いや、給電ステーションがないからダメでは？　というか、異世界に電気自動車もちこんだらチートすぎるような。

「ご飯、ありますよ」

綾瀬さんが言った。

え？　と俺たち残りの3人がいっせいに綾瀬さんを見る。

「こんなこともあるかなって、持ってきました」

綾瀬さんがランチボックスから取り出したのはいつものお弁当箱だった。蓋を開けると、海苔《のり》さえ巻いてないおにぎりが詰まっていた。はい、と差し出された箱を手に取ると――

まだ、ひんやりと冷たい？

「こんなの、いつ用意をしてたの」

思わずそう言ってしまい、その台詞《せりふ》の不自然さに俺はしまったと慌てた。その言葉は俺が綾瀬さんのキャンプ準備を知る立場にあったと示している。

けれど読売先輩も小園さんも目の前のご飯の塊に目を奪われていて、俺の漏らした迂闊《うかつ》な台詞を聞き流したようだった。

「何も入れないで握っただけですけど。あ、夏場で傷むのが怖かったから塩にぎりにしたんだった。凍らせておいて、そのままもってきて。さっき、クーラーボックスから出したばかりです」

「おー。そうか、これで焼きおにぎりができるね」

読売《よみうり》先輩が言って、綾瀬《あやせ》さんが頷《うなず》いた。

数はちょうど4個。つまり1人1個だ。綾瀬さんは普段からおにぎりはお茶碗《ちゃわん》一杯を丸めてるから、〆《しめ》のご飯としてはちょうどいい量だろう。

「よーし、〆のご飯だ。あ、わたしはちょっとお醤油《しょうゆ》を垂らしたいなー」

「あたしも！　あたしもそれで！」

「じゃ、焼きます。浅村《あさむら》くんはどうする？　醤油かな」

俺がなんでも醤油をつけることを知っているからこその台詞《せりふ》なんだけど、この台詞も、どうやらさほどみんなの注意を引かなかったようだ。

あらためて気づいた。普段から日常生活を共にしていると、よほど意識してないと言動に出てしまうものなんだ、と。

「それでお願いします」

焼いたおにぎりを箸でほぐして食べて、無事にバーベキューは終わった。

腹ごなしにしばしの小休憩を挟んでから読売先輩が宣言する。

「お待ちかねの水着タイムだよ！」

「出発直前に水着もよろしくと言われたときには焦りましたよ」

「せっかく、滝もすぐそこに見える川辺のキャンプなんだよ？　さらには屋外サウナもある。水着になって全部楽しみ尽くすぞ！　ってなるでしょ。なるもんでしょ！」

「はあ」

読売先輩はやたらとテンションが上がっていた。そんなに楽しみだったのかな？

「すでに予約も入れてあるんだからさ。時間も限られてるんだからね」

「あ、はい」

「さあ、水着にお着替えだー！」

拳を空に向かって突き上げたあげくに、俺に近寄ってきてそっとささやく。

「期待してたでしょ、水着？」

「してません」

ここで「はい」などと軽口を叩《たた》こうものなら、後々までネタにされること間違いなかった。とはいえ文句を言いたいわけじゃない。ちゃんと言われたとおりに水着も用意してあるし。

というわけで、更衣室で着替えてサウナへ。

どうやら男女の区別はないらしく、サウナ部屋は男女混合らしい。

バンガローを改造したような造りをしていた。予約制らしく、時間にして1時間ほど利用させてもらえるという。

着替えて中で待つ。まあ、こういう着替えはたいてい男のほうが早い。ほぼ脱ぐだけっ

て感じだし。係の人がすでに部屋の中のストーブを焚《た》いて用意をしていてくれた。鉄製の檻《おり》の中に入れられたストーブは北国でなければイマドキ見ないようなそっけない実用本位の作りだ。上に、金属の箱に入れられた石がごろごろと入っていた。石は熱々に熱せられていて、迂闊《うかつ》に触ろうものなら火傷《やけど》しそうだ。上に延びたストーブの煙突は途中で曲げられて小屋の外へと突き出してあった。

しばらく待つと女子3人が入ってくる。

「あっついです！」

「意外と広いですね……」

「後輩君、お待たせー」

「あ、はい」

むぅっと読売《よみうり》先輩が口を尖《とが》らせる。

「後輩君！　その反応はダメだよ」

「は？」

「うら若い女子の水着姿を見た男子高校生の反応としてはあるまじきだよ。『あ、はい』じゃないでしょ。よだれの三つ四つも垂らして前かがみになって食い入るように見つめつつ、『うひゃあ、これはこれは絶景かなあ』とか叫ぶもんでしょ」

何を言ってるんだ、この先輩は。

「それを男子高校生の標準的反応と言い張る先輩が心配です。あと、言い回しが古いかと」

「まえかがみ？」

「そこは聞かなくていいから、小園《こぞの》さん」

綾瀬《あやせ》さんに諭される。

小園さんは不思議そうに首を捻《ひね》っていた。

「で、感想は後輩君」

「感想と言われても。はあ、まあ、みんなお似合いだと思います」

小園さんは鮮やかな色のクロスホルタータイプの水着だ。ファッションモデルなら色気のある着こなしができそうだが、年相応の健康的な雰囲気に仕上がっている。もちろん口にはしないけれど。下もひらひらしたショートパレオで、目のやり場にはさして困らなかった。とはいえ肌面積はそこそこ大きいのであまり派手な動きをしないでほしいが。

読売《よみうり》先輩はいわゆるビキニだった。3人の中ではいちばんおとなっぽい。

普段はおとなしめな文学少女的格好をしている先輩からすると意外といえば意外だった。黒髪和風美女の大胆なビキニ姿は、サングラスとかしていたら近寄れなそうではある。おっかなくて。それが狙いか？

「む？　なんか失礼なこと考えてるね。この朴念仁風むっつりスケベ君は」

「いやいや」

最後の綾瀬さんの水着は選ぶところを見ていたので予想外ということはありえない。

上下のセパレートで、昨年と同じ青を基調とした色あいの水着だ。上は、片方の肩だけ出している、いわゆるワンショルダーのデザインだった。普段の生活でも肩を半分だけ出したファッションを時々しているし、俺としては見慣れているから、綾瀬さんだなあという妙な安心感がある。腰にはパレオを纏《まと》っていて、そちらも左右でアシンメトリーな形だった。

選ぶときにも散々迷っただけあって、似合っている、と思う。

「まあ、いいんじゃないでしょうか」

「この反応の薄さが後輩君だよー」

「浅村《あさむら》先輩、浅村先輩。このストーブの上の石はなんですか？」

「ん？ それは、こう使うんだよ」

近くに用意されていた柄杓《ひしゃく》で水を掬《すく》って石に振りかけた。熱した石に触れて、ぶちまけた水がたちまちのうちに蒸気となり、もうもうと立ち昇る。

「って、先輩、水を掛けすぎです！」

「おっと。ごめんごめん。思ったより派手に湯気になるね」

部屋の中が一瞬で白い湯気に覆われて焦った。

読売先輩によれば、この手のサウナで石に水をかける行為は係の人がやることもあるみたいだった。迂闊《うかつ》にやってみるもんじゃないなと反省する。

立ち込めた蒸気はさほどの時間を置かずに消えて視界はクリアになったけれど、ぐっと蒸し暑さは増した。

部屋の両側に作られた木板を張っただけの椅子に火傷《やけど》しないようタオルを敷いて座る。

ゆるく雑談をしながら汗を流していると、汗とともに体の中から毒気が抜けていくような気分になる。サウナは功罪あわせて色々言われたりもする昨今だけれど、単純に汗を流すとさっぱりして気持ちいいというのは確かだろう。

ふと脇に座る綾瀬《あやせ》さんに目をやる。その瞬間、首筋のあたりに浮いた玉のような汗が、ひとつぶ、肩から二の腕へと向かって滑るように流れていった。

髪を巻いてタオルで絞っている。耳許《みみもと》に残ったおくれ毛が汗でしっとりと濡《ぬ》れて垂れ下がっていた。数本が頰《ほお》に貼り付いていて、妙にそれが俺の目を引いてしまう。心臓の鼓動が速くなるのを感じる。

日中に並んで歩いてたときにもこんなことを感じた気がする。自分は、もしかして汗に対して何らかのフェティシズムを感じているのだろうか。などとくだらないことを考えたり。

「ん？」

なにか？　と言いたげな顔をした綾瀬さんに振り向かれ、慌てて視線を逸《そ》らした。

「そ、そろそろ俺は限界なんで」

何が限界か。もちろんサウナ部屋の暑さに負けたからだ。そういうことにしておこう。

ひと足早くサウナ風呂を出る。

すぐ近くに4、5メートルほどの幅の川が流れていて、岸辺には休憩用の椅子が何脚か用意されている。ミニチェアよりもゆったりできそうだ。

サウナの隣には水風呂が併設されているものだけれど、ここでは水風呂の代わりに川に浸《つ》かる、というのがルーチンらしい。

さてどこで体を冷まそうかと、俺はひとり先に川の中へと歩を進ませた。

砂利の転がる川底はやや足の裏を刺激してくるものの、痛くて歩けないほどではない。流れは緩やかで足を取られることもなかった。水は冷たかったけれど、今の季節にはむしろ気持ちいい温度だ。平たくて大きめの石を見つけてそこに腰を落ち着けることにする。ゆっくりと体を沈めた。

体が冷えるとともに頭も冷えてくる。さっきは危なかった。そういうつもりの場じゃないのに不埒《ふらち》なことが脳裏を過《よ》ぎるなんてとんでもない……しっかりしろ、と思う。

息を吐いてからぼんやりと空を見上げる。体にぶつかる流れにやわらかく押されて、風呂では味わえない感覚に、ああ、自然の中にいるんだな、と感じる。

すこしして、綾瀬さん、読売《よみうり》先輩、そして小園《こぞの》さんがサウナ小屋から出てくる。綾瀬さんを追い越して跳び込む勢いでやってきたのが読売先輩だった。まあ、ちゃんと川の手前で立ち止まったけれど。川の水を掬《すく》って足先に掛けただけで声をあげる。

「うひゃぁ、つっめたい！」

読売先輩は慌ててまた陸へと戻った。

「そりゃ、川ですから」

「川遊びなんて、何年ぶりか……。なつかしや」

そう言いながら、川べりの石をひっくり返し始めた。下に隠れていた小さな虫がささっと逃げていくのを見て「おー、いるいる」と喜ぶ。小園《こぞの》さんがその様子をこわごわといった感じで肩越しに覗《のぞ》いていた。

そこだけ切り取ると、まるで小学生の男子と女子みたいだ。

「はぁ……。暑かった」

綾瀬《あやせ》さんが隣にゆっくりと体を沈めてきた。

「おつかれさま」

「うん。つかれた」

そう言って、綾瀬さんはそっと俺に身を寄せる。

水着が触れそうな位置まで近寄られて、俺は心臓の音が聞こえないかと心配になった。

ちらりと視線を流して、肩がきゃしゃだな。などとぼんやりと思う。

綾瀬さんがやれやれという表情で口を開いた。

「もっと早く出ようとしたら、読売《よみうり》さんが『無理しない程度の我慢大会だー』とか言い出して……ちょっと出られなくなっちゃった」

「はは……」

なんだその健康的な我慢大会みたいな矛盾したイベントは。

ってことは、小屋から出てきた順番は我慢大会に負けた順ってことか。小園さん、意外と負けん気が強いんだな。綾瀬さんもこう見えてけっこう意地っ張りだと思ってたけど。

「我慢していっしょに居られる時間が減るのはいやだもの」

……ありがとうございます。

そう言ってくれることの幸せを噛《か》みしめていると、小園さんの、わあ、と喜ぶ声が聞こえて顔をあげる。

「よく見ると、かわいい、かも」

「おー、こっちはゲジゲジさんがいっぱいだー」

「うふふ。うぞうぞしてます！」

あっという間に慣れたのか、ふたりして男子小学生になっていた。小園さん、意外と虫好きなのか？ それとも読売先輩に合わせているんだろうか。

「読売先輩、手当たり次第に石をひっくり返して驚かせるの、やめてあげましょうよ」

「いやあ、自然の中にきたら満喫しないとさー。こっちに出てきてから虫もロクに見ない生活だから、ついなつかしくてねぇ。ほれほれ、小園さん、ちっこいカニさんもいるよ」

「カニさんもいいですけどー。あたし、そろそろ体を冷やしたいかもー」

ちらりと俺たちのほうを見る。

それから、俺と綾瀬さんが腰を下ろしているこちらへとやってくる。

「気持ちよさそうでいいですね。あたしもー」

言いながら、俺たちのすぐ前にある川べりの石を踏んだところで小園さんの体が揺れた。

「わっ!」

すぐ目の前で小さな体が川に倒れ落ちそうになり、俺は慌てて立ち上がる。前から倒れこんできた小園《こぞの》さんを支えるようにして受け止めた。抱き合う体勢になりそうなところを肩を掴《つか》んでなんとか食い止める。それでもさすがに小学生の姪《めい》っ子《こ》にすがりつかれるのとはちがっていて、柔らかくて別の意味で心臓に悪い。

「こ、怖かったぁ!」

「だいじょうぶ?」

そのまま支えて体を起こすのを手伝う。胸元に手を当ててまだ焦った顔をしている小園さんは「は、はい」と掠《かす》れた声で言った。

「ありがとうございます、浅村《あさむら》先輩」

「いや、これくらい……気をつけてね、川べりは滑るから」

「はい」

「ちょっとちょっと。大丈夫だった⁉」

「だいじょうぶ、です」

さすがに心配そうな顔をしてすっ飛んできた読売《よみうり》先輩に、小園さんは笑みを浮かべながら返した。

「小園さん、はい」

「あ、あたしのタオル。すみません、綾瀬《あやせ》先輩」

川に流されそうになったタオルを素早く綾瀬《あやせ》さんが拾ってくれていた。サウナで使用していたやつを、躓《つまず》いた拍子に手放してしまったのだ。

俺のほうは小園《こぞの》さんを受け止めるので手一杯だったからありがたい。そのまま流されていってしまうところだった。ちなみに、俺と綾瀬さんのは岸辺の大岩の上に置いてある。温泉じゃなくて川なので頭に載せて浸《つ》かるのは絵面がおかしいし、あまり意味がない。こんなふうに落としたら困るし。

「ほんとうにありがとうございます、浅村《あさむら》先輩。先輩はあたしの命の恩人です」

「さすがにそれは大げさだよ」

たまたま目の前で転びそうになった人がいれば、とっさに手が出てしまうなんて良くあることだろうし。

読売《よみうり》先輩もうんうんと頷《うなず》きながら言う。

「まあ、何事もなくてよかったよ。せっかくの楽しいイベントなんだから、楽しい出来事だけで終わらせたいしさあ。みんなも注意しよー」

「はい！」

小園さんが元気に返事をする。

「先輩もですよ？」

俺は読売先輩に向かって言った。

てへ、と舌を出しても誤魔化《ごまか》されませんから。

読売先輩と小園さんはそのままふたりとも川べりの石に腰を落ち着けて、流れに足先だけを浸して涼みながら話を始めた。

——あれ？　綾瀬さんは？

先ほどまで隣にいたと思ったのだが。姿が見えない。どこだ？

視線を川面《かわも》にさ迷わせる。

すこし離れたところでざばりと水面《みなも》を割って綾瀬さんが飛び出してくる。潜っていただけと知って、俺はほっと安堵《あんど》の息をついた。流されたとまでは思ってはいなかったけれど、姿が見えなかったので一瞬だけど焦ってしまった。冷静になれば溺れるような深さはない川だ。

どうやらすこし深いところで頭まで潜っていたようだ。

それでも気になって俺は綾瀬さんが素潜りを繰り返すのを黙って見ていた。

何度か繰り返したのちに俺の視線に気づいたのか、綾瀬さんはそのまま立ち上がって、こちらへと歩いてくる。

「なに？」

「あ、いや……」

「おうい！　ふたりとも、もう一回サウナに戻るよぅ！」

呼ばれてしまったので、しかたなく俺も綾瀬さんも川から出る。サウナ小屋に戻る前に小さく「綾瀬さん」と呼び止めた。

「えっとさ」

「うん」

「さっきのは。その……不可抗力だから。変なところ触ってないし」

「え？」

「いやだからその……」

人助けもセクハラ扱いされかねない昨今の風潮、肩身の狭いご時世である。

言い訳は大事だ――と思って。

「俺が好きなのは綾瀬《あやせ》さんだから」

周りに聞こえないぎりぎりの小声でささやいた。

しごく真面目な気持ちからだったのだが、俺の精一杯のシリアスな顔を見た綾瀬さんは思わずといった感じで吹き出した。苦笑を顔に浮かべている。

「言われなくてもわかってる」

優しい声に俺はほっと胸を撫《な》でおろした。

「まあ、それならいいんだけど」

「それより私は私が駄目すぎて困ってる」

「え？」

けれど、綾瀬さんは自分が発した言葉の説明をしようとはせず。

さっさとサウナ小屋へと入ってしまった。おかげで二度目のサウナはずっと綾瀬さんの放った言葉を考えつづける羽目になり……。ふつうにのぼせてしまった。

冷たい川に戻って、今度は俺のほうが頭まで水に浸《つ》かる羽目になった。

サウナと川遊びを終えて、しばらく全員がまったりと過ごしていると、日差しがわずかずつ弱まってくる。

タープを畳み、帰り支度を終えてから受付に行って、「ありがとうございました！」の言葉とともに帰りの手続きをする。楽しかったと口にしながら俺たちは読売《よみうり》先輩の車に乗り込んだ。

那須塩原《なすしおばら》に別れを告げるときには太陽は空を滑り落ちつつあって、西側に聳《そび》える山の端にそろそろくっつきそうだった。日没はまだ先のはずだけれど、山の中は暮れるのも早い。

帰りの席順は行きと同じ。

流れる音楽に合わせて鼻歌を歌う読売先輩の横に座って、俺は暮れてゆく辺りの風景をなんとはなしに眺めていた。

山並みを背にして高速に乗る。

あたりはすっかり薄明の中だ。

流れる景色は山や遠くの街並みが黒く沈み、まだ刈り取られていない夏の田んぼは夕焼け色と混ざってくすんだ緑に染まっている。

今日は楽しかったねと振り返る会話は、最初こそ活発だったものの、高速道路の心地よい震動に揺られているうちに徐々に収まっていき、何度かの休憩を経《へ》たのち、次第に誰もが疲れからか静かになっていった。

都会に近づくにつれて建物が増えてくる。

高速から下りる頃には辺りはすっかり暗くなっていた。

後部座席のふたりはひとことも声をあげなくなり、バックミラー越しに見るとどうやら寝てしまっているようだった。

「今日はありがとうね、後輩君」

読売《よみうり》先輩がぼそっと言った。

「取り立てて俺は何もしてないですよ」

「いやいや。率先して重い物を持ってくれたのに気づいてないとでも？」

「まあ、それくらいは……」

キャンプ場の手配をしてくれたのは読売先輩だし、あれこれキャンプ用具を出してくれたのも先輩だ。それに――。

「こちらこそ、行き帰りのドライバーお疲れさまです」

「まあ、これくらいはしないとね。無理言って遊びに付き合ってもらったわけだしさぁ。わたしとしてもドライブができて楽しかったし」

「最後の最後で渋滞に捕まっちゃいましたけどね」

さすがに渋谷《しぶや》に近づくにつれて交通量が増えてきた。先ほどからナビには赤い線で渋滞だと表示されている。

やっと進んだと思ったら、今度は赤信号に捕まった。

「なっがいんだよねー、ここの信号」

「そうなんですか」

何度か通った道ってことかな。

「で、さ」

ぽん、と左手で膝のあたりを叩《たた》かれる。

「内緒にしておくからさ、わたしにだけ教えてよ。後輩君。いや、浅村悠太《あさむらゆうた》君」

内緒話をするように、顔を少しだけ寄せてささやくように言う。

いつもよりもやや艶のある真面目な声だった。思わずごくりと唾を呑《の》む。

「教えて、って何をですか」

「いま、さ。沙季《さき》ちゃんとは付き合ってる？　恋人同士？」

はっとなって一瞬、声に詰まる。

まさかそんなことをこの瞬間に訊《き》かれるとは思ってもいなかった。今までまったくそんなことを尋ねてくる気配なんてなかったのに。なんでいま。

「ええとその……」

どう答えるか迷う。ミラー越しに後部座席を確認する。綾瀬《あやせ》さんも小園《こぞの》さんもぐっすり眠っているように見えた。身じろぎもしない。

「たぶん夏休みが終わったら、後輩君も受験勉強が忙しくてゆっくり会話する時間なんてなくなっちゃうでしょ。沙季《さき》ちゃんのいない、後輩君ひとりだけのシフトのときに聞いてもいいんだけど……。わたしも今年でバイト辞めちゃうから、せめて気になってることの答えくらい、いまのうちに知っておきたいなーって」

読売《よみうり》先輩は秘密を共有する仲間に見せるような笑みを浮かべて俺のほうを見てる。

「知っておきたい……って」

なんでですか。

「なんでだと思う？」

「えっ……と……」

いつになく真面目な表情で、読売先輩は俺を見ている。顔のすぐ近くにある言葉を紡ぎだす朱の唇がふと気になった。いつもよりも心もち赤味《あかみ》の強いリップの色。ああ、大学生なんだ。俺よりもおとなの女性なんだなと改めて感じてしまう。

もしここで「綾瀬《あやせ》さんは妹です」と答えたら。

どうなってしまうんだろうか。吸いつくような唇から目を離せない。

ここに来て俺は激しく後悔していた。

あれは昨日のことだった。小園《こぞの》さんに、俺と綾瀬さんの関係をどう打ち明けるかを話しあったとき、この件はあとでふたりでゆっくり考えることにしようと先延ばししてしまった。こういうときは必ず来る。いつかは近しい人には堂々と主張しなければならない。俺は、頭のどこかで知っていたはずなのに。

選択を誤ってはいけない。頭の中で警報が鳴っていた。

「あ……」

「あ?」

「綾瀬さんとは、恋人同士、です」

すこしの沈黙。

いつの間にか信号が青に変わっていた。

「そっか」

その言葉を発したときにはもう読売先輩の顔は正面を向いていて、車はゆっくりと動き出していた。

「アクセル、踏ませてくれないか」

なにを言ってるんだろう。アクセルを踏んだからこそ車は動いているのに。

読売先輩は前を向いたまま言った。

「先輩からひとつ忠告をしてあげよう。知ってるかな」

「何を?」

「男は恋人がいるときのほうがモテる。……恋人が大事なら誘惑には気をつけることだね」

わけがわからない。

恋人の有無で俺という人間は変わらないはずなのに、なぜそうなるのか。

……いや、変わらない、は嘘《うそ》か。

たしかに綾瀬《あやせ》さんとの関係が深まるにつれて、女性と会話することに対する緊張感は幾らか和らいできたような気がする。慣れは偉大だ。それに、ファッションのアドバイスを受けているから、多少は見目も向上してはいるだろう。

しかしだからといってモテると言われてもピンとはこないわけで。ただ、それでも読売《よみうり》先輩の言い方はふだんのおちゃらけ百パーセントのときとはちがって、半分ぐらいは真剣味があって。

そういえば綾瀬さんも不倫やら浮気やらのニュースが気になってしまう程度には、嫉妬しているらしい。

彼女を悲しませたくはないし、傷つけたくないし、誤解されるのも避けたい。

だから。

「……肝に銘じておきます」

俺は、先輩からのありがたい助言を素直に受け取ることにした。

よろしい、と、満足気にふっと微笑《ほほえ》んでそう言った読売先輩は、それからは運転に集中していて、車を停《と》めて他のふたりを起こすまでの間、ひとこともしゃべらなかった。

●7月31日（土曜日）　綾瀬沙季《さき》

「えーっ、読売先輩、浅村《あさむら》先輩を独占しようとしてませんー？」

後部座席のドアを開けたとき、既に乗り込んでいた小園《こぞの》さんが言った。

口を尖《とが》らせてブーイングしている。

浅村くんを独占……ふたりっきりでドライブ……ふたり並んで、お気に入りの曲を車内に流して、そんな妄想が脳裏を過《よ》ぎる。

って、何を考えてるんだ私は。

今日はバイトの先輩後輩でバーベキューをしに行くだけ。それ以上でもそれ以下でもなくて、読売さんは来年には学生バイトを卒業してしまうから、これは先輩との最後の思い出作りなのだ。

そんなイベントに個人的な妄想を持ち込むべきではない。

しかし、小園さんに言われるまで、後ろに3人並ぶなんて思いつきもしなかった。窮屈だし。小園さんにわざわざ移動してもらうのも変だし。浅村くんか私のどちらかが後ろに乗るなんて当たり前でしょう、と。

先輩が浅村くんを独占しようとしてるなんて発想はどこから出てくるんだろう。

そうは言っても、自分の隣が小園さんと認識したときに私は思わずたじろいでしまったわけだけど。

などと、あれこれシートベルトを締めながら考えていて、ふと私は思い至った。

人は他人の考えを知ることはできない。『おまえはこう考えている』と主張するときは、実際には相手の考えを読めているわけではなくて、自分が同じ場面だったらどう考えるか、という思考を裏返しているに過ぎない。『おれだったらこう考える』が漏れ出ているだけなのだ。

つまり小園《こぞの》さんは浅村《あさむら》くんをはべらせたいと考えてるってこと？

むむ。

確かに小園さんは浅村くんに懐いてるみたいだけど。だからといって、そんな独占欲はよくない。浅村くんにだって意志はあるんだし。

いや待て。ついさっき自分だって、ふたりきりでドライブを——とか考えてたような。

むむむ。

なんてことだ。私は独占主義者だった。

いつの間にそんな浅ましい人間になったのか。

内心でショックを受けていると、読売《よみうり》さんが宥《なだ》めるように言う言葉が耳に入ってはっとなる。

「まあまあ。細かいことは気にしない。受験生にも息抜きは必要だよぅ。今日一日は嫌なことはぜんぶ忘れて楽しもう！」

話の流れはわからなかったけれど、その読売さんの言葉に私は、太一《たいち》お義父《とう》さんの言葉を思い出した。

『あいつも、もうすこし羽を伸ばせるような性格ならいいんだが』

そうだった。読売さんとの思い出作りだけじゃない。今回のデイキャンプには個人的な目標として浅村くんに羽を伸ばしてもらう、というのがあるのだった。だから読売さんの楽しもうという提案には全面的に賛成だ。

しかし、読売さんの言葉に真っ先に「おー！」と言って拳を突き上げて賛意を表したのは小園さんで、私自身はそんな行為がちょっと恥ずかしくて口の中でだけ小さく「おー」とつぶやいただけだった。たぶん誰にも聞こえてない。

はあ、と思わず溜息《ためいき》。

浅村独占主義者となり果ててしまったうえに、素直に気持ちも表に出せないとは。

私って、昔からこうだったっけ？　なんか面倒くさい人間になってしまった気がする。

シートに背をあずけて目を瞑《つぶ》る。

最近、こんなふうに気持ちがぐらぐらすることばかりだ。

もし日記を継続していたら、書くことが多くなりすぎじゃない？

誰にも見られないように処分してしまった記録帳。

1年前から少しずつ日記の中に浅村悠太《ゆうた》の文字が記されるようになり、その記述は日を追ってどんどんと増《ふ》えていった。心をかき乱され、私が徐々に彼に惹《ひ》かれていくさまが読み返すだけでも汲み取れてしまう。誰にも見せることはできない私の義妹《ぎまい》生活日記。

今ではこうして日々の感情を心の中で綴《つづ》るだけだ。

はあ、と二度目の溜息《ためいき》。

いけない。私がこんな沈んだ気持ちでいては、とてもじゃないけれど、浅村《あさむら》くんの受験疲れを癒《いや》せるわけがない。

意識を車内に戻して、なんとか会話に入ろうとする。

今は何の話をしているのだろうと耳を澄ませていると、どうやら読売《よみうり》さんの名前の話をしているようだった。読売栞《しおり》——本と縁が深そうな名前でこれほど書店バイトにぴったりの名前もない。読書好きで、やさしくて美人で、ときどきちょっとわからないネタを披露するけれど、頭のいい女性だ。

今も、しおりという自分の名前についての蘊蓄《うんちく》を披露している。

「浅村くんもだけど、読売先輩も言葉をよく知ってますよね。ホントにふたりとも本が好きなんですね」

それは私の偽らざる感想だった。

なのに読売さんは書店バイトをやめるという。店からもそのまま就職しないかと誘われたのに断ったらしい。他に何かやりたいことがあるのかもしれない。

会話はそのまま流れるように読売さんと浅村くんの漫才へと移っていって、私にはよくわからない聖女だとか悪魔令嬢？　とかの謎単語が飛び交ってどうやって口を挟めばいいのかわからなくなる。

けれど、そんな息のあった漫才会話にも隣に座る小園《こぞの》さんは勢いよく飛び込んでいく。

「だめですよ、浅村先輩。読売先輩をいじめちゃ」

浅村くんが心外そうな声をあげるけれど、読売さんは笑いながら、もっと言ってやれと小園さんを煽《あお》る。

「沙季《さき》ちゃんも、このポンコツ男をもっと叱ってやっていいんだよぅ」

と、こっちにパスがいきなり飛んできた。

会話にむりやり引っ張り込まれたけれど、私は何をどう返していいかわからない。

「えっ。あ、……はい」

もごもごと最後は口籠る。私はこういう軽妙な会話って奴《やつ》は苦手なのだ。人にかまわれるのも人をかまうのにも慣れていないから。

ポンコツなのは私のほうかもしれない。

「そろそろ高速に乗るよー」

読売さんが言った。

ここから3時間あまりはどこにもいけない狭い密室の中。

果たして私は上手《うま》くこの3人の会話に付いていけるんだろうか。

自分の会話下手に嫌気がさしておとなしくしていた私は、最初のサービスエリアの休憩中に、小園さんが私とはあまり話さないようにしている、とようやく気づいた。

まったく目を合わせないわけじゃなくて、何か気になるのか、私のほうをちらちらと見てはくるのだけれど、見てくるわりには一度も会話を振ってこない。

嫌われてるのかな、と考え、それからそういえばと気づく。

だって、私も彼女のほうを滅多《めった》に見ないし、自分から会話を振ったことなんてないじゃないか――と。

そう、私は小園絵里奈《こぞのえりな》に何故《なぜ》か苦手意識を感じてしまっている。

これはあくまでも鏡のようなもの。自分が避けているから彼女も避けているに過ぎないのではないだろうか。


タープの設営を終えて、張った布の下へと逃げこむ。

照りつける日差しから解放されて、ようやくほっとひと息をつけた。

ミニチェアに座って休んでいると川のせせらぎが微《かす》かに聞こえてくる。森の中を抜けてくる風には湿り気を帯びた緑の匂いが含まれていて、鳥の鳴き声も混じっていた。

しばらく休んでから私たちは今回のメインイベントであるバーベキューの準備に取り掛かった。

浅村《あさむら》くんが火熾《ひおこ》し担当になり、私たちが食材を調理する。

調理、と言っても、切るだけ。

野外だから家のキッチンほどには凝った料理は作れない。借りてきた簡易テーブルに置いたまな板と包丁だけでできる範囲のことしか。でもバーベキュー用の肉と野菜なんて大きさと厚みを揃《そろ》えて火の通りが均一になるようにするだけだし。

そう思いながら、野菜を切っていく。

そのまま食べる用にもすこしだけ家から野菜を持ちこんでいた。肉をたくさん食べるなら、野菜もたくさん取らないと、と思って。洗ってあるパプリカとかキュウリとかニンジンを、ぜんぶ細いスティック状に切ってプラカップに差しておく。

さほどの時間を掛けずにすべて切り終えてしまう。手持ち無沙汰になり、ふと脇で肉を切っている小園さんを見ると、なんともおっかない手つきで包丁を扱っていた。左手で肉をわしづかみにし、右手の包丁を無理やり脂ですべる表面に押し当てている。っていうか、何度か刃を立てられずに滑らせている。

待って待って。

「逃げるな。このぉ！」

怖い怖い怖い。指を切りそう！

「小園さん、手、左手！　家庭科で習ったよね」

そう言ったら、切るのをいちど止めてから顔をあげた。

「手は猫手、ですよね。やだなぁ綾瀬《あやせ》先輩。さすがに、それくらい知ってますって。料理のできない漫画のメシマズヒロインじゃないんですから」

ここは現実世界ですよ？　と言わんばかりの言葉に、最低限の調理知識があると知ってほっとしつつも尋ねる。

「じゃあ、なんで肉をそんなわしづかみにしているの？」

「活《い》きがよくて逃げるんですもん」

「逃げない逃げない。その肉もうお亡くなりになってるから」

「へ？　当たり前じゃないですか。幾らあたしでも生きてる牛さんはさばけないですよー。でも、新鮮ですから活きがよくて」

肉が滑って逃げてくことを活きがいいって表現されるとは思わなかった。

「それに、そもそもこんなにぶ厚い肉って切るの簡単じゃなくないですか？」

読売《よみうり》先輩の買ってきた肉はたしかに塊になっててぶ厚いけどね。小園《こぞの》さんの手のほうが小さいっていうのもあると思う。

まあ、肉の脂でまな板の上を滑るってことはあるかもしれない。

首を傾《かし》げながら観察して、私は気づいた。

借りてきた簡易テーブルの脚の長さが小園さんには高いのだ。というか、小園さんが人並み外れて小さいとも言える。だから包丁にあまり力が乗らない。

「どしたー？」

指示をした後、器やカトラリーを用意していた読売先輩が小園さんの様子を見にくる。

「包丁で切るくらいはしたことあるんですけど……なんかやりにくくって」

「あー、絵里奈《えりな》ちゃんにはちょっと高いかあ。やりにくいなら、わたしが切ろうか」

「でも……あたしも何かやりたいです」

悔しそうな顔をする。

ちょっと工夫するだけでも対処はできそうなんだけどな。私の得意分野だったからだろう、いつもなら言わない言葉を言っていた。

「あの……。ちょっと代わってもいいですか」

私は小園さんに包丁を借りた。

「ええと、脂が付くと刃が鈍くなるから、肉とか魚とかを切るなら包丁の脂はこまめに取ったほうがいいです。野外のように水が貴重な場合は、キッチンペーパーで拭うだけでもいいですから。あと、手のほうも直接つかんで滑るなら、こうして――」

こちらもキッチンペーパーを使って肉を押さえる。家だと、面倒だしここまで大きな塊の肉を捌《さば》くことなんてないからやらないけどね。

「まずはちょっとだけ切れ目を入れる。これくらいなら力を込めなくともいいでしょ？」

小園さんがうんうんと頷《うなず》いている。

こういうところはほんとに素直でいい子なんだけど。

「切れ目にもういちど包丁を当ててから、引くなり押すなりして包丁の重みで切る感じです。よく包丁は引いて切るって習うけど、どうせ素人仕事だし、切れるんだったら、どっちでもいいっていうか。やりやすいほうでやってください」

「上手《うま》いのに、意外と綾瀬《あやせ》先輩ってテキトーなんですね」

率直な物言いに苦笑してしまう。

「まあ、私のはぜんぶ自己流だから。お手本にはならないから正式な作法は習うか、専門書を読んだほうがいいかも」

「でも、上手です！」

「ありがとう」

子どもの頃からやってるからね。いちおう母は料理も出す店に勤めているはずなんだけど、教えるのは下手。言葉にするのが苦手なタイプっていうか。小さい頃から調理のノウハウを尋ねても『さっと切って、ぱっとフライパンに放り込んで、ジャジャッと炒《いた》めればいいのよ～』とか言っちゃう。

「で、ほら切れた」

「わっ。力を入れてる感じしないのに、さくっと切れた！　綾瀬《あやせ》先輩って、活《い》きのいいのを始末するのが上手《うま》い！」

言い方！

「ほんと上手いよぅ。沙季《さき》ちゃん、わたしの嫁にほしい」

えーと……。褒め言葉、だよね？

「まあ、こんな感じです」

「はい。わかりました！　あとはやります！」

小園《こぞの》さんが元気に返事をした。

「んじゃ、危なくないかわたしが見ててあげよう。いざとなったら代わってあげる」

「はい。でも、がんばります！」

「私は野菜のほうの後始末してますね」

そう言って包丁を返すと、私は自分の作業に戻った。心配だったので、横目でちらちらと小園さんのほうも見る。いくぶん慣れたようで、教えたとおりにせっせと肉を切り分け始める。時々危なっかしいところもあったけれど一生懸命なのが見ててもわかった。

「できました！」

「うんうん。よしよし。じゃあ、次はこっちの肉だよ」

読売《よみうり》先輩に頭を撫《な》でられて目を細めてる。

ああ、いいなあ。とちらっと考えてしまい、そう考えた自分の気持ちにはっとなる。

読売さんと小園さんのやりとりをそれ以上は見ていられない気分になったときに、ちょうど浅村《あさむら》くんが声を掛けてくれた。

浅村くんはいつもこうだ。そんな意識はないのかもしれないけれど、彼は私が何かとても昏《くら》い想《おも》いを抱きそうになったときに声を掛けてくれる。

切り分けた野菜を持って彼の隣に。

私が料理を覚えたのは必要に迫られてのことだった。ぜんぶ自己流。だから正しい作法なのかどうかもわからない。

とはいえ他の人よりも年齢のわりに料理している回数はたぶん多い。結果として自然に調理スキルを身に付けられた。でも所詮は素人の延長線上で、本物の料理人になんてなれっこない程度の腕前で。

「いやいや。充分、頭を撫《な》でられてもいいレベルだと思うよ」

浅村《あさむら》くんは、その調理スキルを褒めてくれる。それは嬉《うれ》しい。

でも小園《こぞの》さんは、頑張ってる姿だけで褒められている。

それに対して私はうらやましさを感じてしまって——落ち込んだ。

そして、その発想の歪《ゆが》みように自己嫌悪してしまう。

浅村くんは優しさでフォローしてくれたのに、それに対してひねくれた感想を持ってしまうなんて。

ええいだめだ切り替えろ。もうちょっと冷静にならないと。

食べ終わると、次は読売《よみうり》先輩がお待ちかねのサウナの時間だ。

よし、サウナでしっかり整えて気分をリセットしよう。邪念なんてすべて追い払ってしまえ。

……と、思ってたんだけど。

「そ、そろそろ俺は限界なんで」

浅村くんがサウナ小屋を出ていく背中を見送って、私はふたたび邪念を抱えていた。

水着に、いいんじゃないでしょうか、としか言ってくれなかったなって。

それはまあ、選んだときは一緒に居たわけで、そのときにはちゃんと似合ってるよって言ってくれたけれど。

やはりお披露目《ひろめ》のときにはもういちどちゃんと言ってほしいものなんです。だめだめ。これは邪念だ。

でも、小屋を出ていくときの彼の顔はしっかり見ていた。あ、浅村くん、いま照れてるな。まあ、目のやり場に困るよね、って思ったり。ちょっとかわいい。

「沙季《さき》ちゃん、嬉しそうだね」

え？　背中を追っていた視線をむりやり引き剥《ひは》がして読売さんに合わせた。

「そう、見えましたか」

「ん。まあね」

「あたしも！　あたしも楽しいですよ！」

小園さんが会話に加わってきた。

読売さんは「嬉しそう」と言ったのであって「楽しそう」と言ったわけではないのだが、そのあたりのニュアンスのちがいには気づいてないようだ。

「絵里奈《えりな》ちゃんはいっつも楽しそうだよねぇ」

「はい！　あ、そうだ」

元気よく答えてから小園さんはやや上目遣いになって読売さんに問いかける。

「そういえば読売先輩、浅村先輩と一緒にこうして遊びにきたりして彼氏さんに嫉妬されたりしません？」

「おっと、絵里奈《えりな》ちゃん切り込むね。ガールズトークだね。恋バナ好き？」

「好きです！」

「あっはっは。正直だねぇ。でも残念。そもそもわたしに彼氏とかおらんですよ」

「えーっ！　こんな美人で優しくて面白いのに！　そんなことあります!?」

「あるある。ここにちゃんと存在してるから」

「シンジラレナイ」

「まあ、世の男性はだね。美人で優しいは大好物だが、面白いはカノジョに求めておらんのだよ」

「そーなんですか？」

「では想像してみ。僕の彼女は面白いんです、って自慢する男子を見たことある？」

小園《こぞの》さんがサウナ小屋の天井のあたりを見つめて人差し指を顎に当てる。

「んー」

「自慢だよ、自慢。謙遜じゃなくてさ。彼女の良いところアピールで『俺の彼女は下ネタギャグが秀逸なんだぜ！』って胸張って言ってる男子、いた？」

「……いない！」

「でしょ」

「そっかー。なんででしょうね。あたしが彼氏だったら、すっごく自慢しますけど」

「なんでだろーね。だから、わたしの彼氏はおらんのですよ」

「もったいない」

「アリガト」

にこっと微笑《ほほえ》みながら、読売《よみうり》さんはふたたび小園さんの頭を撫《な》でる。ちょうどいい位置にあるからかもしれないが。

そして、今度も小園さんは気づかなかったようだけれど、読売さんは「だから彼氏がいない」と言ったのではなかった。「だからわたしの彼氏はいない」と。それは、「だからわたしの彼氏になれる人はいない」の意味だ。

読売さんは彼氏の条件を、自分の本性を魅力として評価してくれる人、としている。それを満たしていないから、いない、というわけ。

まあ、彼氏に自分のことを、面白いから好きと言われたら喜ぶ、と言い張る読売先輩もレアな存在だとは思うが……。

……でも浅村《あさむら》くんだったら言うかもしれないな。

ふと、頭を過《よ》ぎった考えに私は首を振る。

ダメだ。これも邪念だ。

「あ、じゃあ、綾瀬《あやせ》先輩は？　いますよね？」

「へ？」

何の話？

「恋人ですよ。彼氏さん」

流れ弾がこっちに飛んできた。

恋バナが大好きだという小園《こその》さんは、好奇心と呼ばれる星を瞳に瞬かせながら、私のほうを見つめてくる。視線がまぶしい。どう答えよう。まさか素直に言うわけにも……。

「えっと。どうしてそんなこと訊《き》くの？」

「……え。あ。え？」

しまった。やや冷たい声で返してしまった。なんて大人げない。

「深い意味はないんですけど……綾瀬《あやせ》先輩も、美人で人気もありそうですし……その、いないはずないなって思って」

「ええと……それは。褒めてくれて嬉《うれ》しいけど……」

「沙季《さき》ちゃんは、近寄り難いってのはあるかもね。ふだんの服もちょっと攻撃力高いし」

「服に攻撃力があるんですか？」

「そそ。沙季ちゃんのは攻撃力２５６万くらいありそう」

「２５６万？」

小園さんが首を傾《かし》げる。わたしも戸惑いつつも首を傾げた。ファッションを武装と捉えるのは私が常々言っていることだから理解できるけれど、具体的な数値はいったいどこから出てきたんだろう。

「だって、キリがいいでしょ」

なんでそんな半端な数字がキリいいの？

小園さんと私には読売《よみうり》ジョークは高度すぎた。正直よくわからない。けれど、読売さんが煙《けむ》に巻いてくれたおかげで、先ほどまでのやや気まずい雰囲気は消えていた。シリアスにならずに済んだ。正直、ありがたかった。

同時にまずいなと思う。良くない自分になってる。ここまで心が乱れることは最近ほとんどなかった気がする。

私はちらりと小園さんを見る。彼女が居るからだ。どうして、こんなに相性がよくないんだろうか。彼女の存在が私の思考を闇落ちさせている気がする。

こんなときは浅村《あさむら》くんの隣に居たい……。

けれど、読売先輩が「無理しない程度の我慢大会だー」などと変なことを言いだして、さすがにすぐに追いかけることはできなくなった。だってここで「私は遠慮します」なんて言って部屋を出てしまったら、ぜったい気まずい雰囲気が残るもの。

そこそこ頑張ってからひと足先に出るのが精一杯だった。

サウナから出てきょろきょろと辺りを見回した。浅村くんはどこだろう？

川べりのほうへと歩いていくと、休憩用の椅子の向こうに流れる川の中に居た。

川面《かわも》に腰から下をつけて休んでいる。自分のタオルを彼が置いていた大岩の上に並べてから流れの中へ。

爪先を水に浸《つ》けると流れる水は夏であっても冷たい。ただ、サウナで火照った体には程よくて、そのままざぶんと入ってしまいたくなる。ゆっくりと体に水を掛けて慣らしてから浅村《あさむら》くんに近づいていく。

彼の隣に体を沈めると、ほうと息をついた。

「はぁ……。暑かった」

「おつかれさま」

浅村くんが言って、私は「うん。つかれた」と返した。それから読売《よみうり》さんの提案があったからなかなか出てこれなかったことを告げる。我慢比べの割にはいちばん先に出てきたんだねと言われてしまった。どうやら浅村くんの中では私はかなりの意地っ張りになっているようだ——そうだけど。でもね。

「我慢していっしょに居られる時間が減るのはいやだもの」

するっと彼の前でならそんな言葉が出てしまう。

どうしてこういう言葉が普段は言えないんだろう。

背中のほうでは読売さんと小園《こぞの》さんがきゃいきゃいとはしゃいでいる声が聞こえていた。

「あたし、そろそろ体を冷やしたいかもー」

小園さんが言って、こちらに向かって歩いてくるのが見えた。

「気持ちよさそうでいいですね。あたしも——」

言いながら浅村くんのいるすぐ前あたりから川へと入ろうとする。

川面《かわも》に張り出したつるつるして平らな石の上をおっかなびっくりやってきて。

あ。体が揺れて――。

「わっ！」

小園さんはつるりと足を滑らせた。あぶない、と思わず叫びそうになる。素早く立ち上がった浅村くんが、倒れる前に小園さんの体を受け止めて支えていた。彼女がもっていたタオルだけが宙を舞って川面へ。そのまま水を含み沈みながらも流されていく。

私は慌てて小園さんのタオルを引っ張りあげた。ぎゅっと絞る。

「こ、怖かったぁ！」

「だいじょうぶ？」

さすがに顔を強張《こわば》らせた小園さんに、浅村くんが優しく声をかけた。

読売先輩も慌てて飛んでくる。

「ちょっとちょっと。大丈夫だった!?」

「だいじょうぶ、です」

「小園さん、はい」

川の中から取り戻しておいたタオルを渡した。

プールのように監視員が常時見張っているわけではない所で、水の事故があったらと思うとぞっとする。楽しいイベントが台無しにならなくてよかった。誰かが怪我《けが》したりするのを見るのはそれが誰であろうと私は好きではない。ただ……。

転びそうなところを抱き止めて――じゃなくて、受け止めていた浅村くんと小園さんを見た瞬間にこう……もやっとしてしまったのも事実で。

あの、小園《こぞの》さんのあげた叫び声「わっ!」が、「きゃあ〜」だったら、わざとじゃないかと疑っていたところだ。リアリティが無さすぎる。わざとよろけて自分のカレシに抱きつく女でさえ今どき見ないのに。

そんなことを考えてしまう自分が嫌でたまらない。

——ああもうだからダメなんだってば!

自己嫌悪に駆られ、私はその場から逃げるように川の中へとざぶんと潜る。

冷たい水の中で熱くなった頭の中をリセットさせよう。

思いっきり潜ってからぱちりと目を開ける。塩辛くない淡水の河川だからできることだ。

わぁ……。

流れる水は澄んでいて、川底に転がる色鮮やかな小石や深みに転がる大きな岩が目に入る。

小さな魚がついっと目の前を横切った。

手を伸ばしたら指の隙間から上へと逃げていく。

川底からくるりと体をひっくりかえして仰向《あおむ》けに見上げた。

——わっ、まぶしい。

立てば顔が水の上に出るほどの深さしかない浅い川だ。

手を伸ばした先、1メートルもないあたりに鏡のように輝く水面《みなも》があった。

揺れて光る川面《かわも》が目の前いっぱいに広がっている。モヤモヤとした縞模様《しまもよう》に光が躍っている。

きれい……。

息が苦しくなって水面から顔を出しては、その景色を見たくて潜るを繰り返していくうちに徐々に頭も冷えてきた。

何度目かの浮上のときに浅村《あさむら》くんが私を見ていることに気づいた。小園さんを助けたときのことを一生懸命言い訳してくれる。

——言われなくてもわかってる。

そう、わかっていたことだった。

——それより私は私が駄目すぎて困ってる。

浅村くんと付き合い始める前よりも、しっかりと告白しあって付き合いだした今のほうがこんなに心がかき乱されるなんて思わなかった。もっと私は自分を冷たい心の動かない人間だと思っていたのだけれど。

彼の一挙手一投足にむっとしたりほっとしたりする。感情の振れ幅が大きくて、嫌なことばかり頭を過《よ》ぎってしまって。なんとかしなくちゃ……。

『俺が好きなのは綾瀬《あやせ》さんだから』

そう言ってくれたのに、私の心がこんなに乱れるのは、浅村くんのその言葉を私が信じ切れてないからだ。

自分の心も整えられない未熟モノの私を好いてくれるなんて信じられないからだ。

私はつまり――。

自分が愛されることに自信がないのだ。


夕方。帰り支度を始める頃には私はだいぶ冷静になれていた。

考えすぎて、それ以上考えるのが嫌になったとも言う。

頭が冷えると、自分の我儘《わがまま》さが目について理性が寝ぼけ眼で起き出してくる。

大人げなかったなと反省し、私はタープを畳むのから、借りた場所のお掃除まで率先してせっせと手を動かした。

小園《こぞの》さんは後輩なのだ。私のほうが2つも年上で、しかも彼女は春に高校生になったばかり。半年前には中学生だったわけで。中学生。まだ子どもじゃないか。彼女に嫉妬するだけならいざ知らず、不当に扱うなんて、そんな綾瀬沙季《あやせさき》は、私のなりたい綾瀬沙季ではない。

撤収作業を終えて、借りた敷地を忘れ物がないか最後にもう一度だけ見直した。

「キャンプは家に帰るまでがキャンプだよ。気合入れて帰るよぅ！」

「気合は入れなくていいですが、もっともです。気を付けて帰りましょう」

浅村《あさむら》くんの真面目な返しに、読売《よみうり》さんが唇を尖《とが》らせる。それを見て小園さんが笑っていた。

読売さんの車へと歩き出したとき、私はひとり立ち止まって振り返った。

日暮が近かった。西の山並みの向こうへとお日様が消えていくところだ。稜線《りょうせん》の近くまで落ちてきた太陽が山の端に浮かぶ雲を夕焼けの色に染めていた。

タープの張られていた辺りを見つめる。

四角く区切られた更地にはもう誰もいない。

ぽっかりと空いた四角い土地には山颪《やまおろし》の風が静かに吹きつけるばかり。

梢《こずえ》を揺らしてさわさわと葉擦れの音を響かせる。

見つめていると、先ほどまで声をあげて笑っていた私たちの幻影が見える。今日一日の出来事がまぼろしのように浮かんでくる。汗を流して張ったタープ。時に煙にむせながらも食べたバーベキュー、サウナに、水風呂代わりの川遊び。潜った水の中から見上げた光のたゆたう水面《みなも》。水の流れに揺れるたびに形を変え、万華鏡のように光と影が躍っていた。

楽しかったな。

もやもやとした気分にもなったけれど楽しかった。

浅村くんもそうだったらいいな。

「綾瀬せんぱーい」

振り返ると、みんなは随分先まで歩いていってしまっていて、心配した小園さんが様子を見にきてくれたところだった。

「何か忘れ物ですか？」

「えっ、見つかりましたか？　あたしも一緒に探しますよ？」

「あー、うん」

心配そうにそう言った。

いい子なのだ。

「だいじょうぶ。見つけたから」

そう言って私は小園《こぞの》さんに向かって微笑《ほほえ》んだ。

人との繋《つな》がりは一期一会。ひょっとしたら、この四人でこんなふうにどこかに行くのは人生でもう二度とないのかもしれない。

そう思うと、いまこの時間が大切に思えてくる。

みんなへと追いつこうと小園さんとふたりで歩く道すがら、私は思い切って隣を歩いている彼女に声を掛ける。

「バーベキューだけど」

「え？　はい」

「あんなに大きな肉、切るの初めてだったって言ってたよね」

「ああ、はい。です。大きかったですよねー。なんか、読売《よみうり》先輩、ああいう大きな肉を安く売ってる店を知ってるんですって」

「なるほどね」

「肉、やっぱりヘンな形でしたよね」

私は首を振った。

「ちゃんときれいに切れてたよ。厚さも揃《そろ》ってたし、頑張ったね」

そう言ったら、小園さんは何故《なぜ》か驚いた顔をした。

私、なんか変なこと言った？

「あ、はい。……ありがとうございます」

前を行くふたりに追いついたのは乗り込む車まであとほんのちょっとのところで、遅いぞーと読売さんに言われてしまった。

帰りの道は睡魔に勝てず、途中から記憶がない。

はっと目が覚めたときにはもう辺りの風景は都会の街並みへと変わっていた。どうやらよほど私は疲れていたらしい。今日一日をずっと気を張って過ごしていたようだ。

集まったときと同じように渋谷《しぶや》の駅前近くで解散になる。

私と浅村《あさむら》くんは地元だからと言って、読売さんと小園さんとはそこで別れた。

まあ、地元どころか、ふたりとも同じ家に帰るんだけど。

すっかり軽くなった荷物を転がしながら私たちは今日の一日を振り返りながら歩いた。

話している限りでは浅村くんも楽しめたようだった。

「受験生だと、これが最後の夏のイベントになるかなあ」

しみじみと浅村くんが言った。

その言葉に、私はふと真綾《まあや》から誘われた花火大会のことを思い出した。

できればふたりで行きたいな、と思ったのだっけ。

「でもさ……。ふたりきりで出かけるイベントも欲しくない？」

私としては、この夏にもうひとつくらいはお出かけしてもいいんじゃないかって、誘うための前振りだったのだけれど。

「うん。卒業したら運転免許取って、ふたりで行こうか」

微妙に肩透かしを食らってしまった。それはまあ……ふたりきりのドライブとか憧れるけど。私も大学に行けたら免許は取るつもりだけれど。お金が掛かるっていう話だけれど、どんな仕事に就くにしてもあったほうが便利そうだって思う。

でも、そんな未来の話じゃなくて――。

「今年はもうあんまり機会なさそうだし。これから勉強合宿だしね」

「あ、うん」

そうだった。浅村《あさむら》くんは明後日《あさって》の月曜日から1週間の合宿だった。

「ここでリフレッシュできたから、勉強も頑張れると思う」

そう言われてしまうと、さすがに遊びのお誘いはしづらかった。

しっかり前を向いて言う浅村くんに、私は何も言えなくなってしまって。

どうしよう。

私ばっかり横を向いて立ち止まっている気がする。

●8月2日（月曜日） 浅村悠太《ゆうた》

渋谷《しぶや》駅へと向かういつもの通り。

手荷物の入ったキャリーを転がしている俺に隣を歩く綾瀬《あやせ》さんが尋ねてくる。

「まるまる1週間だっけ？」

俺は頷《うなず》きを返した。

正確に言えば、8日間だ。月曜日から次の月曜日までだから。まあ、最終日は午前中だけだし、今日も午後からだから、こうして朝ものんびり出発できるのだけど。

「そっか……」

何か言いたそうに見える。そういえば、家を出るときも親父《おやじ》から「あんまり根を詰めすぎるなよ」と言われたっけ。

心配してくれているのかな、と思う。

「しばらく会えないね」

「携帯は持ち込めるみたいだから、日中は難しいけど。夜、寝る前とか。朝、起きた直後にＬＩＮＥするよ」

「うん……。でも忙しいなら無理をしなくていいよ。我慢する」

「気を遣わないで。俺も綾瀬さんの声が聞けたほうがほっとするっていうか、落ち着くっていうか、嬉《うれ》しいから」

って俺は日中の往来で何を言ってるんだ。

「それならいいんだけど。うんまあ、私も浅村《あさむら》くんが根を詰めすぎてないか心配だし」

ああ、やっぱり心配してくれてるんだな。

「だいじょうぶ。それに1週間だから、体を壊すほどの無理なんてできないって」

「そうかなぁ。浅村くんって、けっこう頑張っちゃう気がする……」

腰の後ろで手を組んで、綾瀬《あやせ》さんは歩いている。今日も日差しが強いからか、すこし大きめの帽子を被《かぶ》っている。帽子の影が目許《めもと》に落ちて表情はよく見えない。

「浅村くんさ、春くらいから、すっごく勉強を頑張ってるよね」

「え……そう、かな」

「浅村くん前からそこそこ勉強できてたのに。席次だってそんなに悪くなかったし」

「丸《まる》には敵《かな》わなかったけどな。綾瀬さんにも」

綾瀬さんが現代文を苦手としてた頃は総合点で辛うじて勝てていたけれど、今では綾瀬さんは苦手科目らしい科目が見当たらない。

「私はまだ足りないから……」

綾瀬さんの目標大学を突っ込んで訊《き》いたことはないのだけれど、昨年のオープンキャンパスに訪れたことから考えても、月《つき》ノ宮《みや》女子大あたりを狙っているのだろう。だとしたら、確かに今の成績でも油断はできない。

「俺も頑張んなきゃな」

何気なく言った言葉だったが、綾瀬さんは不意に顔を振り向かせた。

「なんで？」

「え？」

「だから……なんで？」

「え、あの……どういうことでしょう」

思わず敬語で返してしまったが、俺はまさかそんな尋ねられ方をするとは思ってなかったのだ。

「私は行きたい大学があって、今の成績だと厳しいかなって思ってる。だから頑張ろうと思ってる」

俺は頷《うなず》いた。

「でも、浅村くんはなんで？」

「え、だって——綾瀬さんが頑張ってるなら、俺も頑張んなきゃって」

「それ、意味なくない？　おかしくない？　私は自分のために頑張ってるんだけど」

なんだ？　なんで、彼女はちょっと怒ったような顔をしてるんだ？

「そりゃ、俺だって自分のためだよ。だって、綾瀬さんにふさわしくないと……」

彼女の隣に立てないじゃないか。

それは俺にとっては自然な考えだった。

ところが、綾瀬さんはそんな俺の言葉を聞いて、つい、と視線を逸《そ》らしたのだ。

前を向いて何か考え込むような顔になる。

並んで歩きながらも、俺のほうを見ていない。こんなことは初めてだった。

彼女の唇から、零《こぼ》れるように言葉が落ちる。

「……ふさわしい？」

だが、そのつぶやき以上の言葉を彼女は発することはなく、俺は俺でなんで彼女が黙りこくってしまったのかわからず。

渋谷《しぶや》の駅が見えてきてようやく彼女は顔をあげた。

「じゃあ、私、買い物をして帰るから」

それを聞いてようやく、俺が居ないんだから、俺の食事当番も彼女がすることになるのかと思い至る。

「ごめん、食事、手伝えなくなっちゃうな」

「平気。これから私が不在のときだってあるだろうし、病気で寝込んじゃうことだってあるだろうから、そのとき返してくれればいいよ」

「それはもちろん」

言われなくてもそうするつもりだ。

綾瀬《あやせ》さんが「これから私が不在のときだってあるだろうし」と言ってくれたのが、長く家族でいることを前提にして言ってくれたみたいで嬉《うれ》しかった。

「じゃあ、勉強、頑張ってね」

俺は頷《うなず》いた。

「行ってくる」

「行ってらっしゃい」

駅前で別れて、俺はそのまま渋谷から電車を乗り継いで合宿場所へと向かった。

予備校の夏季特別プログラムは、湾岸に建てられた研修特化型ホテルを借りて行われるのだった。


電車で都心を南へと移動。

湾岸の埋め立て地に造られた高層ホテルの建ち並ぶ駅で降りる。

この合宿には俺の通ってる予備校校舎からだけでなく、チェーンの他の校舎からも大勢の受講生が参加しているらしい。つまり全国規模で参加者を募っている。

余裕をもって家を出たと思っていたが、もう昼を過ぎている。

受付を済ませ、ルームキーを受け取った。ロビーで諸注意の書かれたパンフレットをぼんやりと見ていたら、いつの間にか開会式の時間が迫っていた。見れば、エレベーター前は大混雑になっている。合宿参加者がいっせいに殺到しているのだから無理もない。しまった。重い荷物を部屋に置いてから向かいたかったのだが……。

しかたなく荷物を持ったまま開会式へ。かなり広いホールが会場となっていた。

席はとくに指定されていない。ホールの8割ほどが埋まっていたが、俺はなんとか空いている席を見つけて腰を落ち着けた。

改めて大規模な合宿なのだなと思う。年齢もほぼ同じくらいで男女比もほぼ同じか、やや男のほうが多いかというところ。学校の指定制服を着たまま参加している者も多く、全校集会みたいな雰囲気だ。

開会式の会場を見渡して感じるのは、ピリピリとした緊張感だった。

互いにあまり話をすることもなく、暇さえあれば単語帳を見たり予備校の教科書を眺めたりしている。

ほどなくして開会式が始まった。

会場の前に立った責任者らしき人が合宿中の注意点を話している。

開会式が終わり、さて部屋に向かうかと席を立ったところで声が聞こえた。

「あ、いたんですね」

聞き覚えのある声に振り返ると、見知った顔が立っていた。

「ああ、藤波《ふじなみ》さん、こんにちは」

声の主は藤波夏帆《かほ》だった。

同じ予備校通いなのだから会う可能性はあるはずだが、今の今までその可能性を考えたこともなかった。

話しながら俺と藤波さんはエレベーター前へと向かったが、混雑が酷《ひど》くて、ふたりとも荷物を抱えたままロビーへと戻ってくる。

「すごい人数だったな」

「ちょっとエレベーターの数が足りませんね。講義室への移動には気をつけたほうが良さそうです。まあ、午後の授業まではまだ時間ありますから」

ふたりともロビーの椅子に腰かける。

「藤波さんもこの合宿に参加してたとは思わなかったよ」

大学に進学するつもりがあるのだということは予備校に通っているのだから当たり前なのだけれど、そういえば俺は彼女の志望校さえ聞いたことがなかった。

人のことを詮索する趣味はないが、今回は珍しく訊《き》いてみようという気分になっていた。

「藤波さんって、志望校とか訊かれると困るタイプ？」

まずは前提を共有しないと。

「そんなことはないですよ。まあ、誰彼かまわずに話したりはしないですが。第一志望は早稲穂《わせほ》ですね」

「早稲穂か」

国内トップクラスの私大だった。勉強合宿まで参加するぐらいだからけっこう高いところを目指してるだろうとは思ったが。

「そこの法学部がいちおう第一志望です」

藤波さんの答えに俺はまたも驚いてしまう。法学部は法律や政治について学ぶ学部だと認識しているが、まさか藤波さんの興味がそこにあるとは思わなかった。

「どうして法学部に?」

「政治家になりたくて」

「えっ」

「信じないでください」

真顔で言われると、からかわれているのかボケているのかわからなくなる。

「半分は本気ですけど。まあ、政治家はともかくとして、法律や政治に関われる立場を手に入れたいというのが本音ですね」

「ええと……」

「おかしいですか?」

正直、政治家と呼ばれる人たちと藤波《ふじなみ》さんのイメージはだいぶ離れていると思う。ただ、それはあくまで見かけの印象の話だ。フラットに見るならば、見かけのイメージで相手を判断しちゃだめだ。

「いや、なんとなくわかる、ような……気もするけど」

「あたしなりに、それなりの理由があったりするわけですけどね」

あまりこういう話はしないんですけど、と前置きをしてから彼女は自分が法学部を目指している理由を語ってくれた。

何度か聞いている話だけれど、藤波さんは実の両親の下では暮らしていない。小さな頃から色々と理由があって家に居られなくなり、渋谷《しぶや》の街を根城にしている法律すれすれの、いわゆるグレーゾーン的な立ち位置にいる女性の世話になっているのだった。

「でも、そういう場所でなければ生きていけない人も世の中にはいる。彼らはお日様の下では眩《まぶ》しすぎて目を焼かれ肌を焦がされて死んでしまう。夜の闇の中にうずくまるように膝を抱えてようやく息をつけるんです」

「わかる……とは言えないかな。でも、想像することはできると思う」

藤波さんと知り合った頃、彼女に連れられて夜の渋谷の街を歩いたことがある。

普段の俺だったら絶対に通らないような酔っぱらいがうろつき、派手に着飾った女性たちの佇《たたず》む小路にまで足を踏み入れた。先を歩く藤波さんに俺は引き離されないよう付いていくのが精一杯だった。休日の昼に若者たちで賑《にぎ》わう表通りとはまったく異なる街のもうひとつの顔がそこにはあった。

ああいう場所で藤波さんは育ったのだ。

「彼らは政治的には弱い立場なんです。法律を真面目に行使されたら、どこにも行き場がなくなってしまう。清く正しく生きられないのは甘えだと言われてしまう。法の網の目の隙間にしか彼らには居場所がないのに。周囲とのいわば『なあなあ』で辛うじて暮らしているんです」

「……だから法学部に？」

藤波さんは頷《うなず》いた。

彼女は、そういうぎりぎりでアンダーグラウンドに落ちずに『こちら側』に引っかかっているような人たちが政治的に排除されないで済む社会、ゆるやかな「なあなあ」が継続する社会であってほしいと考えているのだった。

「でも、良《よ》かれ悪《あ》しかれ絶対に世の中って変わっていくじゃないですか。世の中に永遠はないんですから」

「それは、そうだな」

人類史だけを振り返っても、先史から古代へ、古代から中世へ、中世から近世、近代、ときて現代へと移り変わっているわけで。歴史のそういった区分は、前の時代とは何かが変わっているから呼び名が変わっている。無論、現代の後にだって時代は続いていくのだから、いずれは今の世だとて、何か名前が付けられる過去の時代の一部になるのだろう。

「そこまで壮大なことは考えていませんでしたが。なかなかスケールが大きいですね」

苦笑されてしまった。

「で、まあ、もし社会の流れがあの人たちにとって困った方向に行きそうになったら、指を咥《くわ》えたままスルーっていうのはちょっと嫌なので、抗《あらが》える立場になっておきたいなぁと漠然と考えているわけです。お世話になってきましたしね。まあ政治家ってのはともかく。その必要も今は感じていませんし」

「じゃあ、実際は？」

「とりあえず目指しているのは弁護士ですかね。いい大学を出て、法律知識もあれば就職にも困らないし、早稲穂なら卒業後のコネも作りやすいだろうから、選択肢も増えるという現実的な判断もあります」

俺はようやく納得して頷《うなず》いた。

同時に、よく考えてるんだな。すごいな、と思う。

「で、ここまで聞いておいて、そっちはどうなんですか？」

「え？ ……あー。そう、だね」

俺は言い淀《よど》んでしまった。藤波《ふじなみ》さんのしっかりとした未来予想図を聞かされてしまった後では、自分の考えを語るのが少々恥ずかしい。

「そこまで具体的には考えてないかな。なんとなくだけど、より良い大学に行って、より良い企業に就職する、くらいだよ」

「具体的に目指している大学とかあるんですか？」

ない、とも言えず。藤波さんが早稲穂であれば——と、パッと頭に浮かんだのが二大私学のもう片翼の名称だった。

「慶陵《けいりょう》、とか？」

「ああ、いいですね」

「あ、いやちょっと待って」

私学の学費の高さを忘れていた。親父《おやじ》のことだから、行きたいと言ったら無理をしてでも学費を工面してくれそうだけれど、できれば避けたい。

「一ノ瀬《いちのせ》大学、かな」

「国立ですか。それもいいですね」

そう藤波《ふじなみ》さんは肯定してくれたものの、言った当人としては咄嗟《とっさ》に浮かんだだけの目標だから素直に褒められると恥ずかしい。

でもたしかにこれから本気で受験競争を勝ち抜こうというときに、具体的な目標もないのでは締まらないなとも思う。

「まあ、ぜんぜん釣り合ってる気がしないけどね」

「それで、どうして一《いち》ノ瀬《せ》に？」

問われて今度こそ俺は答えに詰まった。仕方なく正直に述べる。

「そこはただ将来の選択肢を増やしたいだけ。藤波さんの動機の半分しかないからわざわざ言うのも恥ずかしいけど」

「恥ずかしい？」

藤波さんがぽつりと零《こぼ》した。

その呟《つぶや》きに、俺は既視感を感じてしまう。

ちょっと前に、どこかで誰かに似たようなことを呟かれなかったっけ？

藤波さんは俺の言葉を聞いて何度か首を傾《かし》げていたけれど、不意に立ち上がると、「そろそろ空《す》いたみたいですよ」と言って、さっさとエレベーターのほうへと向かってしまった。こちらを振り返ることもしない。

俺も慌てて立ち上がって後を追いかけるが、追いついたときにはもう扉は閉まっていて、ひと足先に彼女の乗ったエレベーターが上階に向かって動き出すところだった。彼女を乗せたエレベーターだけが俺よりひと足先に上へと昇っていく。

まあ、同じ合宿所なのだから、また会うこともあるだろう。

割り振られた部屋に入り、荷物を置いてから午後の授業の準備を始める。

ふと思い出して、パンフレットを確認すると、どうやらホテル内ではＷｉ－Ｆｉが使えるようで、俺は無事に到着したとだけ綾瀬《あやせ》さんにＬＩＮＥのメッセージを入れておいた。

心配してるかもしれないし。

まあ、外国に行くのでもなければ、郊外の野山に行くのでもないから、そこまで気にしてはいないだろうけれど。

「っと、エレベーター、混むんだっけ」

余裕をもって移動したほうが良さそうだったから、俺はすこし早めに部屋を出る。

20時の夕食時間までは講義が詰まっていた。

遅めの食事になるが、書店のバイトが入っているときも似たようなものだし、学校の休み時間よりも長めの休憩時間が設定されているから、小腹が空いても何かを摘《つ》まむ程度はできそうだった。ホテルのロビーには喫茶も併設されているし。

さあ、まさにここから勉強漬けと呼ぶにふさわしいスケジュールが組まれている。

一ノ瀬を目指す、と宣言してしまったからか、ぼんやりとしていた目標が絞られたような感覚がある。言葉にしてみるもんだ。綾瀬さんは月ノ宮《つきのみや》を目指すのだろう。そして、彼女の頑張りがあるならば、おそらくその目標を叶《かな》えてしまうのだろう。

負けてはいられない。

耳許《みみもと》で別れ際の綾瀬《あやせ》さんの激励が蘇《よみがえ》る。

『じゃあ、勉強、頑張ってね』

俺は気合を入れ、決意を新たにしたのだった。


20時。本日最後の授業が終わって食事の時間だ。

食堂での夕食のときに、藤波《ふじなみ》さんともういちど会って同席したけれど、特にそれほど会話することもなくお互いに淡々と食事をすませる。

部屋に戻り、備え付けの風呂に入ると、もう消灯時間ぎりぎり。

スマホを見ればメッセージが一件。綾瀬さんからだ。到着を知らせたことへの返信だった。

【無事に着いたようで良かった】と。

【そちらはどんな感じの場所？】とつづいている。

【初日終わり。いい環境だと思う。なにしろ勉強以外にやることがない。幾つか今までわからなかったところも理解できたし】

そこまで書いてから、これでは自分のことをぺらぺら話してるだけかなと反省。

【綾瀬さんはどうだった？】

短く添えてから送信した。

【勉強してバイトしてって感じだったよ】

つまり何もなかったってことだろうか。

すこし待つと追加のメッセージが来た。

【何もなかったよ。いつもどおり】

なべて世は事も無し。どうやら綾瀬さんのほうも特筆すべきことはなかったよう。

そのあとは【合宿頑張ってね】と短い文章が送られてきてメッセージは終わりのようだった。

まあ、もう夜も遅いしな。

俺は「おやすみ」のスタンプを送ってからベッドに横たわる。

今日は講義は午後からだったけれど、明日は午前中からびっしりと詰まっている。

起床予定は7時。食堂での朝食は、講義の始まる9時までに終えてないといけないから、遅くとも8時には起きなくてはいけない。もう眠らないと。

横たわって目を閉じた。

綾瀬さんとの短いメッセージのやりとりだけで、俺の気力はすでにだいぶ回復していた
――よく眠れそうだ。

明日からも頑張ろうと思いながら眠りについた。

●8月2日（月曜日）　綾瀬沙季《あやせさき》

「まるまる1週間だっけ？　そっか……しばらく会えないね」

駅までの道のりの最中に、隣を歩く浅村《あさむら》くんについそんなことを言ってしまう。

1週間なんて、長い。長すぎる。

そう思いながらも、そんな態度は見せられないと頭ではわかっていた。

浅村くんは受験勉強に行くのだ。けっして私を置いて遊びにいくわけではない。

訪れた合宿所でひたすら勉強するだけ。

──なんと浮気相手の6割は職場の同僚！

いやいやいや。何を考えているの、綾瀬沙季。確かに学生の仕事は勉強、などと言ったりすることもあるけれど、あれはあくまで例えだ。比喩だ。誇張表現だ。

勉強は勉強でしょ。

それに同僚なんていないじゃないか。私たちのクラスで、この勉強合宿に参加するのは浅村くんだけらしい。同じクラスだから噂《うわさ》は入ってくる。つまり浮気相手なんていない。

考えすぎだってば。浅村くんがどこかに行くたびに、何をしてるの、どうしてるの、私のことを常に考えてなきゃ嫌だよ、みたいな思考をしてたら疲れてしまう。そんな恋愛ドラマのめんどくさいヒロインみたいな態度を取りたくはなかった。

寂しいけど。

私の問いに浅村くんは優しくLINEするよと言ってくれる。

メッセやスタンプだけじゃ物足りない、とも言えず。

それどころか忙しいなら無理をしなくていいよと、心の中とは逆の台詞《せりふ》を口にしていた。

浅村くんが春くらいから受験勉強に熱心なのはすぐそばで見ていて知っている。もちろん私だって頑張っているつもりだけど。

そういえば私は浅村くんの志望校を聞いたことがなかった。なんとなくお互いのプライベートに関わることには踏み込まないようにしていた。家族なのにね。

ううん、家族だからかもしれない。

踏み込んだ先に待っている人の心の真実に触れるのが怖かったから。

もともと浅村くんの成績は悪くない。それなのにあんなに頑張ってどこを目指しているんだろう？　そんなことを考えないではなかったけれど。

私……は、今は月《つき》ノ宮《みや》が第一目標だ。ただその為《ため》にはもうちょっとテストの平均点を上げないといけない。苦手な現代文ももっと過去問を漁《あさ》っておく必要がありそう。

「私はまだまだ足りないから……」

ついそんな弱気が口をつく。

そうしたら浅村くんがそれに応じるように――。

「俺も頑張んなきゃな」

と言った。

その言葉が私には引っかかった。

「なんで？」

つい訊《き》いてしまった。

浅村《あさむら》くんが意外そうな顔で首を傾《かし》げるのを見て、その顔をしたいのはむしろ私のほうだと思ってしまう。

「だから……なんで？」

「え、あの……どういうことでしょう」

「私は行きたい大学があって、今の成績だと厳しいかなって思ってる。だから頑張ろうと思ってる」

ちょっと躊躇《ためら》ってからつづける。

「でも、浅村くんはなんで？」

「え、だって——綾瀬《あやせ》さんが頑張ってるなら、俺も頑張んなきゃって」

え？

私の中で違和感が膨れ上がる。

「それ、意味なくない？　おかしくない？　私は自分のために頑張ってるんだけど」

目標があるから頑張る。それはわかる。でも私が頑張ってるから浅村くんが頑張るは、意味がわからない。

だってそれだと私が頑張らなければ浅村くんは頑張らないってこと？　そして浅村くん

が頑張らなかったら、私も、頑張らないでいいってこと？　それはおかしいよね。

私は浅村くんが頑張ろうと頑張るまいとどちらでも気にしない。月ノ宮《つきのみや》に行きたいのは私であって、だから私は努力しているだけだ。

そこまで目くじらを立てるようなことではないのだろう。それでも私は浅村くんの発言に引っ掛かりを覚えてしまって。

「そりゃ、俺だって自分のためだよ。だって、綾瀬さんにふさわしくないと……」

浅村くんがそう言って、私の中の違和感はますます大きくなる。

「……ふさわしい？」

ってなんだろ。

心の中にもやもやしたものが残る。けれど、目の前にはもう駅へとつづくスクランブル交差点が見えてきた。いけない、こんな自分の持て余した感情をぶつけられても、これから集中して勉強しようとしている浅村くんには迷惑なだけだ。

「じゃあ、私、買い物をして帰るから――」

すこしそっけなくなってしまったけれど、私はなんとか笑顔を作って彼を送り出す。

「――勉強、頑張ってね」

「行ってくる」

「行ってらっしゃい」

踵《きびす》を返してもう一度スクランブル交差点を渡って、来た道を戻った。

1週間か。

長いなあとため息をつきながらも私は考え込む。

先ほどの浅村《あさむら》くんの言葉の、何がこんなにも心に引っかかっているのだろう?

心に浮かんだ小さな疑問はしかし日常の忙しさが押し寄せてくると消えてしまう。

買い物を済ませて家に戻り、自分の受験勉強を進めているうちに午後になって、バイトの時間だった。

そしてこういう日に限って、一緒にレジに入ったバイト仲間が——。

「綾瀬《あやせ》先輩、こんにちは。デイキャンプぶりです」

「こんにちは、小園《こぞの》さん」

気まずい。いや、何も臆することはないはずなのだけれど、私はこの小園絵里奈《えりな》という後輩のことをどうにも扱いかねていた。誰からも好かれる性格だと読売《よみうり》さんにお墨付きをもらってるのにだ。

私が距離を置こうとしているからだろう、小園さんの方も必要以上に近寄ってこない。

レジカウンターの中のほんのわずかの距離を互いに遠く感じている。

このところずっとこんな感じだった。

昼を回って3時頃だった。

午後のティータイムどきだからか、客足がぱったりと途絶えた。

夏休みならばいるはずの子どもたちの姿もなくて、先ほどからもう10分ほどもレジを打っていない。あまりに暇なので棚の整理でもしようかと考え始めたときに、不意に小園さんが声を掛けてきた。

「今日は浅村先輩、いないんですね」

「あ、うん。休みだよ」

「しばらくシフト入ってないみたいですけど、なんでか知ってます？」

「予備校の勉強合宿だって。1週間くらい不在みたい」

言い方が、そっけなさすぎただろうか。

もっと感情を理性の下に丁寧に埋め込まないと。ほら、小園さんがまた黙ってしまった。気まずい。

う～ん。2つも年上の私がこんな姿勢でいるのは良くない。彼女は何ひとつ悪いことをしてないのに、腫れ物を扱うような態度はフェアではない。

「そうなんですね。残念です……」

しばらく黙っていた小園さんがぽつりと小声で言った。

「そんなに浅村くんのこと気になるの？」

……なんだこの質問は。

よりによってそんなことを聞くような流れだった？　何を言ってるんだ私は——。

「仕事中にそんなストレートな質問あります？」

ごもっとも。後輩に諭されてしまった。

「なーんて。やですよ、先輩。そこまで落ち込んだ顔をされると私がいじめたみたいじゃないですか」

「ごめん」

「謝るし」

「いや……うん。仕事中だし」

「お客、誰もいませんけどね」

広い店内に閑古鳥が鳴いている。遠くの辞書のコーナーあたりにたぶん中学生らしき女の子が熱心に棚を漁《あさ》っているくらい。1年間バイトしてきたけど、ここまで暇なのは珍しかった。

「まあ……気になってはいます」

小園《こぞの》さんが言った。

私は「何を」と聞き返しそうになってからそれが先ほどの私の質問への答えであることにようやく気づいた。

気になって、います……それって。

「正直、キャンプのときに頼りになる人すぎて、ちょっといいなーって感じはあります。なーんて」

その言い方は間違いなく異性として気になっています、という意味だった。

あっけらかんとした物言いに私は驚くよりも先に羨ましいなんて思ってしまったのだ。

2つも年下の、高校生になったばかりの女の子に。

こんなとき、彼は私の恋人なんだから手を出さないで、とか堂々と言えたらスッキリするんだろうか。小園さんのこの堂々っぷりが羨ましい。

「先輩……顔、顔！」

「な、なに？」

私は慌てて両手で自分の顔を擦《こす》る。

なにか顔についてたのだろうか。

「すっごい顔してますよ。鏡、見てきた方がいいんじゃないですか」

む？

むむ？

「だってカッコよかったですよね、浅村《あさむら》先輩」

「は？」

「あ、そこは疑問形なんだ」

「……もしかして小園さん、私をからかってる？」

「まさかですよ。だって浅村先輩、ちゃんとカッコイイですし。ああいう男の人がかれぴだったらなぁとか思いません？　すっごいかれぴと一緒に歩いてイチャイチャして周りに自慢したろとか思ったりしません？」

「カレシが凄《すご》かったら、凄いのはカレシであって、自分ではないのでは？」

「ガチャでSSRの推しキャラを手に入れたら、スクショしてSNSにアップするじゃないですか。まあ、ブランド物のバッグを手に入れたら自慢したくなる、でもいいですけど。でも、それだとかれぴを物扱いしてるみたいでちょっとあれですからね」

「ごめんよくわからない」

私がそう返したら、小園《こぞの》さんが「へえ」と言った。なんだ？　なんで「へえ」って言われてるんだ、私。そんなに不思議なこと言ったかな。

でも小園さんは自分のリアクションを説明する気はないらしく、しかもそのタイミングで先ほどの辞書の棚を漁《あさ》っていた子がおずおずとぶ厚い漢和辞典をレジへと差し出したものだから、会話はそこで立ち消えてしまった。

「いらっしゃいませ。こちら、お買い上げですか？」

「はい」

「レジ袋はどういたしますか？」

「あ、だいじょうぶです」

腕に掛けていたトートバッグを見せてくる。

お、用意がいいな、ってにっこり。そうしたら、照れたようにはにかみつつ女の子もおずおずとした笑みを浮かべてからお金を出してきた。この時期に漢和辞典とはさては春に買いそびれた中学1年生とかかな。辞書なんていらないって思ってたら、意外と期末試験が大変なことになってしまって、必要性を感じたから慌てて買いに来たとか？　かわいいなぁ。

会計を済ませると、ありがとうございますと言って書店を出て行った。

うーん。中学生ってあんな感じだったよねぇ。

「なんです？　そんなじーっと見て」

「人間ってたった1年で成長するんだなって」

「やだな先輩、あたしまだバイト始めて1か月ちょっとですよ？」

首を傾《かし》げる小園さんを見て私はそうだねと微笑《ほほえ》んだ。小園さんはまだ高校生になりたてなのだ。私は先輩なんだから、もうちょっと余裕をもつべきだ。


バイト疲れでその日は早めにベッドに入った。

寝入る直前にスマホが着信を知らせてくる。

浅村《あさむら》くんだ。

そういえば、昼に合宿所に着いたと連絡があったから返信をしておいたのだった。

メッセージに目を通すと、勉強以外にやることがないので捗《はかど》っていると書いてある。

ほら、見てごらん、沙季《さき》。浅村くんは受験勉強をするために合宿に行ったんだ。何も心配することなんてないでしょうが。

浅村《あさむら》くんはさらに私の近況まで気遣っている。

訊《き》かれて、私は昼の小園《こぞの》さんとのやりとりをつい思い出してしまう。小園さんは浅村くんが気になっていると言っていたのだ。でも、そんなこと浅村くんに言うわけにもいかない。

考えた末に勉強とバイトしてただけだと返した。つまり、何事もなかったよと。

けれど——。

本当は、明日も小園さんとはバイトで同じ時間のシフトに入っている。

またああいう雰囲気になったらやだな、と思いつつ、そんな些細《ささい》なことで憂鬱になっている自分が嫌だなとも思う。

ちいさなきっかけで生じるモヤモヤが、あとを引いて消えない。こんな未熟な自分から脱したいとも思う。私のほうが彼女よりも2つも年上なのに。あとどれだけの歳月を重ねれば些細なことに動じない自分になれるのだろう。

『人間ってたった1年で成長するんだなって』

自分で言った言葉なのに、自分自身はちっとも成長している気がしない。

波間に浮かぶ笹船《ささぶね》のように、さやさやと風が吹きつけただけでひっくり返される。

そんな頼りない時代がいつか終わるなんて思えなくて、どうやってみんな大人になっているんだろうと不思議でたまらない。

考えている間に意識が落ちて私は眠りについていた。

●8月3日（火曜日）　浅村悠太《ゆうた》

焦りが生じたのは2日目の模擬テストのときだった。

スケジュール表によれば2日に1回の割合で、習った範囲を確かめるかのように模擬テストが用意されている。今日のテストは数学だった。

配られたテスト用紙を見て、俺はこの夏季合宿のレベルの高さを思い知る。

さらりと流して見ただけでも問題が難しい。試験時間いっぱいを使ってもぜんぶ解けるかどうかわからない。

というか、時間が足りない。

解《わか》る、ということと、解ける、ということは別なのだ。

3つめのこんな問題に取り掛かっていたときだ。

『次の数列の極限を求めよ』

数式の中に書かれたn→∞という記号を眺める。これはつまり、nには任意の数字を当てはめるのだけれど、それをどんどん大きくしていって突き詰めたら、どんな値に近づくのかってことだ。確かに習った。最近開いた参考書にもあったのに。

昨日の講義を担当した数学の講師は型破りで、ここが予備校だというのに開口一番放った言葉が『受験数学なんて数学の中でもっとも簡単だから詰まらん』だった。その講師の言うことには『だって必ず答えのある問題しか出ない』だそうである。

当たり前だろうとの生徒たちのつぶやきに、世紀の難問と呼ばれる未解決問題の幾つかをあげた上で（いわゆる『ミレニアム懸賞問題』ってやつだ）、適当に作れば幾らでも解けない問題なぞ作ることができると言い張った。つまり、受験問題ってやつは学生たちが解けるように考え抜いて作られているのだ。絶対に解けることが保証されている。

『だから君たちは気楽に受験に挑むが良い』と言い放った。

まあ、リラックスしろってことなんだろうけど。

で、目の前の問題だ。

さすがに習ったばかりだから答えの導き出し方は覚えていた。確かどんどん式を変形して解いていけばいいはず。なのだけれど、その途中で気づいた。

周りの解くペースが明らかに俺よりも早い。

俺は1行書いては考え込むのだけれど、周りの奴《やつ》らの鉛筆がさらさらと紙を撫《な》でる音が止まらない。まるで何度も解いているから解答までの道筋なんて暗記していますと言わんばかり。

解いている本人たちの顔なんて見えていないのだけれど、俺の脳裏には涼しげな顔を保ったまますらすらと鉛筆を走らせている姿が見えていた。

やばい。こんな奴らがライバルなのか。

気づいた途端に俺の心の中に焦りが生じたのだ。

試験終了後には、解答とそれに対する解説が書かれた用紙が配られて、自己採点できるようになっていた。その日の受講を終えて自室へと帰り、模範解答を見る。

ほとんどの解答は理解できた。なんなら、時間さえあれば全問解けただろう。

時間さえあれば。

解《わか》る、ということと、解ける、ということは別なのだ。

最後の3問の応用問題はほとんど手を付けられなかった。解き方を思いつくまでに時間が掛かりすぎだ。明らかに練習が足りてない。この最後の3問はまったく得点できていない。これでは点数でも他の人たちよりも遥《はる》かに低くなっていることだろう。

その日の夕食を俺はほとんど覚えていない。食べていたときも、周りに遅れている分をどうやって追いつくか、ずっと考えつづけていた。

席を立って部屋に戻るときに藤波《ふじなみ》さんとすれちがった。

「おや、早いですね。もう食べ終わったのですか」

「ああ、うん。ええと……おやすみ」

ロクに会話もせずに俺はエレベーターへと急ぐ。

部屋に戻ると消灯の時間が来て、部屋の明かりを落としても、ベッドサイドの明かりで明日の講義の範囲に繰り返し目を通していた。睡眠時間が削られてしまうが、どうせ1週間しかないのだ。ここで追いつかなければ。

ホテルのモーニングコールだけではなく、スマホの目覚ましも起床時間よりも30分ほど早めにしてセットする。5分置きに何度か鳴るようにしておいた。

気合は入れてきたつもりだけれど、周りを見るかぎりは、俺程度の学習量では勝てる気がしない。

綾瀬《あやせ》さんからのＬＩＮＥにも、明日は早いからとやりとりを早めに切り上げる。

だって、『勉強、頑張ってね』と言われたのだ。

綾瀬さんは予備校に通わずに自学自習で俺と同じくらいか、なんならそれ以上の成績を収めている。あれだけ努力をしている彼女の彼氏としてふさわしい成績を取りたいのならば、俺はもっと頑張るしかない。

応援してくれている綾瀬さんのためにも。

なんとしても、俺は周りの受講生たちに負けない成績を取らねばならなかった。

合宿の就寝時間とされる22時には到底ベッドに入ることなどできず、眠りにつけたのは深夜３時を回っていた。

●8月3日（火曜日）　綾瀬沙季《さき》

「無理して食べなくてもいいからね。残していいんだよ」

太一《たいち》お義父《とう》さんに言われて、はっとなる。私の持つ箸にはこんがりと焦げためざしが摘《つ》ままれていた。３分の１が炭となってしまっていて、目を串刺しにしている竹串なんて燃えてしまって跡形もない。

「いやあ。ちょっと目を離してる隙にそんなになっちゃって」

「だいじょうぶ、ですよ。焦げてるとこ、そんなにないし」

言って、ぱくりと口の中に放り込む。

苦い。

けど、我慢して噛《か》み砕《くだ》く。

まだまだ料理に不慣れなお義父さんが、朝の忙しい時間で焼いてくれたお魚を食べないなんてできるわけがない。

「意外とすぐに焼けるんだねぇ。前に焼いたときはもうちょっと上手《うま》く焼けたんだけど」

太一お義父さんの言葉を聞いて、私は「最近、めざしって食べたっけ？」と思い返してみた。

覚えがない。

「もしかして、ししゃものことですか？」

「そうそう」

「似てますけど、めざしは干物ですからそもそも水分が減ってますし、だから焼き時間も短くなります」

「言われてみれば……そうか」

「でも、おいしいですから」

そう言って、お皿の隣に並んでいる次のめざしも摘《つ》まんで口の中に。ちなみに、めざしというのは魚の名前ではなくて、小魚の干物のことを言う。ウルメイワシやカタクチイワシのようなイワシ類の小魚を串に刺して乾燥させて作る。

今朝はめざしに納豆、ひじきの煮物が少々。お味噌汁《みそしる》はフリーズドライを湯で戻したものので、さすがに出汁《だし》から作る手間こそ掛けてないが、これはこれでおいしいのだと最近知った。今の保存食は侮れない。

「今日は早いんですね」

太一《たいち》お義父《とう》さんはもう食事を済ませていて、自分の分の食器は洗ってしまっていた。

「ちょっと早めに出て仕事を進めておかないと、今日は残業できなくてね。ああ、夕食の当番は沙季《さき》ちゃんだったよね。僕は飲み会で食べてきちゃうから」

「あ、はい」

珍しい、と思った。太一お義父さんは、週末を除けば飲み会で帰宅が遅れるなんて今までほぼなかったのだ。

私の表情を読み取ったのか、太一お義父さんが付け足すように言う。

「ちょっと部下の相談に乗ってやることになったんだ。僕も、下の面倒を見てあげないといけない立場と歳《とし》だからね。悠太《ゆうた》もいないから、夕食はひとりになってしまうけど」

「だいじょうぶです。ずっとそうでしたし」

太一お義父さんは私の言葉にわずかに瞳を陰らせた。それから、食べたものの後片付けできなくてごめんね、と言いおいて出社していった。

ずっと――夕食はひとりだった。

実父が出て行って、母が夜の仕事をしていたから、学校から帰っても私はいつもひとりで自分の食事を用意してひとりで食べてきた。それが当たり前でふつうだった。

「そっか。浅村《あさむら》くん居ないんだっけ」

ぽつりと意識せず零《こぼ》した言葉で今さらに気づかされる。

落ち込むことに、このあとのバイトはまたも小園《こぞの》さんと同じシフトなのだった。

私の苦手な後輩。

でも、浅村くんと出会う前の私だったら、そもそもそんな相手が居る場所に行こうなんて思わなかっただろうな。さっさと辞めてるだろう。関係を切るほうが簡単だから。だから、私に友人と呼べる人物は真綾《まあや》しか居なかったのだし。

このまま苦手な後輩相手にストレスを抱えて仕事をつづけるくらいなら受験に専念すると言ってバイトを辞めたほうがいい。どうせ、あと数か月もして秋になればさすがに受験のみに専念することになるのだし。

ふと気づいた。

ということはせっかくできた後輩も、あと数か月の関係でしかないんだ。

そこでお別れになる。もやもやした後ろめたい感情を抱えたまま。

それでいいの、綾瀬《あやせ》沙季《さき》。

だって、小園《こぞの》さんは何も悪いことなんてしていない。

デイキャンプのときの彼女はちゃんと頑張っていた。バイトだって手を抜いているところなんて見たことがない。だったら、なんとなく苦手という意識だけで彼女を避けているのは良いこととは思えないよ。

浅村《あさむら》くんに引っ張られるように、私は昨年の夏のプール遊びの日から少しずつ外の人たちと触れ合うようになってきた。読売《よみうり》さんという先輩ができて、今度は小園さんという後輩ができた。考えてみれば彼女は私にできた初めての後輩だった。

──僕も、下の面倒を見てあげないといけない立場と歳《とし》だからね。

太一《たいち》お義父《とう》さんの言葉を胸の中で繰り返す。

小園さんとだって、ちゃんと向き合わなくちゃ。後で後悔したくない。

かつん、と箸がお茶碗《ちゃわん》にあたる。いつのまにかご飯は空っぽになっていた。考えごとをしていたらおかずのほうが残ってしまった。

魚用の青いお皿には焦げためざしが1匹だけ残っていた。しかたなく私は最後のめざしを箸で摘《つ》まみ上《あ》げる。

これを食べて、バイトに行く。行くんだ。

がぶりと噛《か》みついためざしは苦かったけれどそのまま噛み砕いて呑《の》みこんだ。


バイト先の書店はそこそこ混んでいた。

つまり店員同士で些細《ささい》な話をする機会もないということで。

意を決して来たこんな日に限って、なかなか小園さんと会話する機会に恵まれない。

夕方になってようやく休憩時間になり、事務所の給茶機でお茶を淹《い》れていると、折よく小園さんが入ってきた。

扉を開けて中を覗《のぞ》き込《こ》むなり、「あっ」という形に口を丸めた。私とふたりきりになる気まずさを予想したのだろう。けれども顔を晒《さら》してしまった手前、そこで回れ右をするほどあからさまに敬遠するのも嫌だったのか、そのままおずおずと部屋に入ってきた。

ふつうにふつうの後輩なのだ。こういうところは。

「お茶、いる？」

「あ。……はい。ありがとうございます」

給茶機の紙コップをもうひとつ用意すると、私は小園さんの分もお茶を淹れた。

彼女からひとつ離れた席に座って紙コップを両手で抱える。熱くもないのにふうふうと息を吹きかける。そうしないと間がもたない。さて、どうやって話を切り出そう。

タイミングを見計らっていたら、小園さんのほうから声をかけてきた。

「あの、ちょっといいですか」

「ん。だいじょうぶ。なに？」

私は体ごと彼女のほうへ向ける。紙コップはテーブルに置いた。

「綾瀬《あやせ》先輩って、もしかしてですけど、浅村《あさむら》先輩と付き合ってたりしますか？」

上目遣いで訊《き》いてきた。

う、と思わず息を詰まらせる。

直球な質問だった。

どう答えよう。私と浅村くんの関係。親同士の再婚でできた義理の兄妹《きょうだい》でかつ恋人同士でもあって……そういうプライベートなことってどこまで話すのがふつうなんだろう。

こうしてあらためて考えるとわからなくなる。

例えば、とことんまでプライベートを隠すのが一般的ならば、結婚指輪とかペアルックとか、存在するわけない。つまり世の中には、私と彼は付き合ってます、と世間に視覚的に訴えたい精神性をもった人がいるってことだ。

そしてそれとは別に、私のように服は自分が着たいものを着るという主義の人もいる。

私の武装は私だけのものだ。それに浅村くんを付き合わせようとは思わないし、私も彼が何を着ていようと、それに合わせるつもりがない。

まあ……たまにだったら合わせてもいいけど。それで浅村くんにアプローチしてくる女子がいなくなるんだったら——彼の周りに女の子がいるだけで、いちいちなんだかわからないもやもやとした感情に襲われるということがなくなるというのだったら、精神安定のために、おそろいのカチューシャをつけて夢の国を練り歩くくらいはしてもいい。

思考が逸《そ》れた。だから、その――。

「もしそういうふうに見えてたなら、どうして浅村くんにアプローチしてるの？」

そもそも問いかけに問いかけで返すということ自体があまり良いコミュニケーションとは言えないうえに、それがあまりにも失礼な言い回しだったので、まったくもってこれでは私は嫌味《いやみ》な先輩そのものである。自己嫌悪しつつも、つまり私が気にしているのはそういうことなのだと自分でわかってしまった。

「えー……。アプローチしてるように見えるんですか？　そう、見えます？」

私は頷《うなず》いた。

「前から？」

頷いた。ずっと前から……彼女がバイトを始めた頃からだ。

「いやいやいや。……ほんとに？」

「そう、見えたけど？」

「まさかそう思うってことは……。えっ、待ってください。あたし、もしかしてだから、綾瀬先輩に嫌われちゃってたりしたのかな。え、あれ？　もしかして綾瀬先輩、浅村先輩に片思い中なんですか？」

「なんでそーなるの!?」

私はびっくりしてしまった。どういう思考でそういう発想に。

「だって。じゃなかったら、そこまで重い発想しますかね」

重い⁉

「めんどくさい、でもいいです」

「……なんでそういうこと言われちゃうのか、訊《き》いてもいいのかな？」

「あー……いちいちそう言って断りを入れてから訊くところがめんどくさいっていうんですが、まあ、ええと、そうですね」

小園《こぞの》さんは何事かを考えた末に顔をあげた。

「んー。綾瀬《あやせ》先輩、バイトが終わった後って時間あります？」

「え？」

「ちょっと付き合ってくれませんか？　話すと長くなりそうだし」

つまり、込み入った話になるから時間をくれ、ということだろうか。

どうしよう。幸い今日は、太一《たいち》お義父《と》さんの夕食は作らなくてもよくなった。お母さんはもうすぐ働きに出てしまうし、浅村《あさむら》くんもいないから、つまり夜に私がするべきことは受験勉強だけだ。

もちろん、勉強は大事だけど……。

「わかった」

「こーゆーめんどーくさいことが嫌だから、私は風向きを読んで行動してたつもりなんですけどねー。でもまあ、しかたないや」

誰に聞かせるでもなく彼女はそうつぶやいた。

……なんだか微妙にキャラが変わったような？　気のせいだろうか。


バイト後に私たちが向かったのは、渋谷《しぶや》スカイの展望台。

夜景の見える展望台へとわざわざチケット代を払って昇ったのだった。

渋谷スクランブルスクエアの14階にある入り口から入って、最上階まで昇った先に渋谷スカイの展望台はある。

高さ230メートルにある空へと繋《つな》がる最上階は360度に渡って周囲を見て歩くことが可能で、その眺望は遠く関東の果てまで望む。北東を向けば都心の摩天楼が、北には池袋や新宿などの副都心の高層ビル群が見て取れる。西は晴れてさえいれば昼間に富士山も見えるという話だった。以上、パンフレットからの受け売りだけど。

訪れた時刻は昼と夜の境目の、ちょっと中途半端な時間帯だった。

東のほうはもう夜の帳《とばり》が下りていて都心の明かりが瞬き始めていた。西にはまだ夕焼けの赤い空が残っている。西の果てのほうは地平線のあたりにお日様の最後の光が今まさに燃え尽きようとしているところ。

「わーきれいですねー」

壁面にへばりつくようにして何かを見下ろしている。

「あそこ、ほら、スクランブル交差点が見えます！　人がいっぱい！」

ちらりと視線を投げると、確かに私たちが毎日のように通っている駅前の交差点が見える。

行きかう人間は豆粒よりも小さくて、よくある例えのアリにさえ見えない。もっと小さな黒い点だった。急速に光が乏しくなっていく夕暮れの景色の中ではすぐに見えなくなってしまうだろう。

絶景にはしゃぐ小園《こぞの》さんを見て、べつに和気あいあいとするつもりはないんだけどと思いながら、私はちょっとばかり毒気を抜かれた感じになっていた。

小園さんはぐるりと展望台を一周しつつ、その間に私にあれが見えるこれが見えたと報告してくる。私は適当に聞き流しつつも、ついつい一言二言コメントしてしまう。なんだろう、この状況は。

ちょうど一周を終えて、初めにスクランブル交差点の見えた位置まで戻ってきた。

「あたし、ホントはこーして綾瀬《あやせ》さんとも仲良しになりたかったんですよ」

先輩ではなく、さん付けだった。

職場を離れたら先輩後輩ではなく、単なる知人ということだろうか。それとも――。

「友だちってこと？　でも、小園さん友だち多そうだし、職場で友だちを作ろうとしなくても良さそうに思えるけど」

もしかしたら意地の悪い言い方だったかもしれない。

けれど、小園《こぞの》さんは私の口調は気にならなかったらしく、あっさりと「それ、ちがいます」とだけ返した。

ちがうって、何が？

「友だちが欲しいんじゃなくて、仲良しになりたかっただけです」

「？　どうちがうの？」

「ストレスなく付き合える関係性ってやつが欲しかったわけですよ。そうやって、自分の居場所を作っておいたほうが何かと人生が有利になると思ってるわけですね」

「居場所……？」

「あー、わかんないんだ。ですよねー」

展望台の壁に背をもたせかけるようにして小園さんが言った。

後ろには渋谷《しぶや》の北西の空が広がっている。夕焼けがゆっくりと蒼《あお》く染まっていく。小園さんの背中の空を右手から徐々に左手へと手を伸ばして広がりつつある。

「綾瀬《あやせ》さんは強いからなー」

「強い……？」

「だって、先輩、誰かに絶対に勝てないって思ったことないでしょう？」

「そんなこと――」

ない、と言いかけて私は思いとどまり、自分の心に冷静に問いかけてみた。

確かに力勝負になったら、私も一応は女性なわけで、特別な訓練を積んでいるわけでもないから男子には勝てないだろう。握力は平均くらいだったはずだが、腕力勝負だったら自信がない。たぶん女性相手でも半分以上の確率で負けそう。

けれど、それをもって相手に対して敗北感を感じているかと言えばどうだろう？　そうは感じてない気がする。

自分の心を覗《のぞ》き込《こ》んでみると、戦う前に諦めるのを嫌がっている自分がいる。勉強を頑張るのも、服装に気を配るのも、負けたくない気持ちからくるものだった。

「――あるかも」

そう言ったら、小園さんは目を丸くしてから溜息《ためいき》のような息をついた。

「やっぱり……」

「小園さんはちがうの？」

そう訊《たず》ねると、小園さんは苦虫を噛《か》み潰《つぶ》したような――ごはんを口に入れた後にそれがお焦げだったことに気づいたような、っていうほうがわかるだろうか――表情をした。

「あたし、背、こんなですよ」

こんな、と言いながら自分の頭のてっぺんあたりを右手で撫《な》でるような仕草をする。

「小6女子の平均身長は148センチで、男子は146センチなんですよね。女子のほうが小学生の間は背が高いわけです。これが中1になると男子のほうが高くなるんです。つまり小学校の間は、平均身長の女子は男子の半分以上を気分よく見下ろせるわけでして」

「う、うん」

気分いいのか。そうなのか。……あまりそういうこと考えたことなかったな。

「この時期まではあたしも、綾瀬《あやせ》さんみたいに、向かうところ敵なしって毎日を過ごしてましたね」

「そこまでは思ってなかったよ？」

凄《すご》い。凄い好戦的だ。私も自分の服装を「武装」なんて表現してるけれど、身の回りの男子を敵扱いまではしてなかったぞ。けれど私のツッコミは小園《こぞの》さんには聞き流された。

「まあ、中学に入ると追い抜かれるわけですが――」

小園さんはやや視線を逸《そ》らし、藍色に染まった空を見つめながらつづける。

「――これって大抵の女子が感じるんじゃないかって思ってるんですよ、あたしは。この、人生最初の挫折ってやつを。第二次性徴期が過ぎて、別に運動とか得意じゃない男子にさえ背で抜かれ、腕相撲で勝てなくなり、厚くなった胸板を殴ってもこっちの手が痛くなるのを経験して、ああ、もうこれからの人生は体力的には人類の半分に勝てないんだと悔しさに唇を噛《か》むわけです。ちくしょうめ、です」

「……それはまあ、生物的にはしょうがないような」

それでも鍛えれば、男子にも勝ててしまえるような格闘女子はいるわけだし。

「この背で？」

「う」

「ふ……。あたしは男子どころか、他の女子にもどんどこと追い抜かれていったわけです。

あたしの身長はそこで止まっちゃったので。どこに行ってもそれを実感させられる日々で。電車に乗れば吊り革《かわ》に届かないし、視界は通らないし、満員電車は息苦しいし。女子とだって一緒に歩くと歩幅が小さいからすぐ置いていかれるし、商品売り場の上のほうの棚には自分じゃ手が届かないし」

「あー……そうか。それは……大変」

「ええ。ええ。大変なんです。周りにいる人たちなんて全員モンスターに見えるわけですよ。こっちはノームかコボルトなのに、相手はオークかオーガか下手するとトロールかジャイアントですよ。バトルになったら負け確ですよ！」

「ごめん、最後はよくわからない」

たぶん何かの専門用語なんだろうけど。

「とにかくでっかい敵ってことです。やらなければやられるんです」

「ああ、はい」

周りが全て敵扱いなのか。

「あ、いま、喧嘩《けんか》っぱやいなとか思いませんでした？」

「そんなこと」

「まあ、いいですけど。ほんとですし。あたしホントは性格悪いんです。自覚ありますから。ちょっと前に、読売《よみうり》先輩に愛される天才みたいなこと言われたと思うんですけどね、あれぜんぜん違いまして……」

話している間に夜のカーテンが下りて、小園《こぞの》さんが背を向けている渋谷《しぶや》の北西の空は、黒一色になっていた。

視界を遮るような建物もないから、まるで闇を背負っているように見える。

「ただそこに居るだけで愛されるなんて微塵《みじん》も思ってなくて、愛される為《ため》に死ぬほど努力してるんですよあたし」

自嘲気味に言い放った。

「努力……」

「ええ、努力です。だってありのままで他人の前に出たら、あたし、絶対嫌われますもん。性格悪いし。自信あります。あたしにとって、嫌われるってことは殺されるってことです。周りは敵ですし、戦ったら勝てないのは明らかなので」

自分は他人から嫌われる自信があるのだと小園さんは言っているのだった。

だから周りから好かれる為に努力しているのだと。

私にとってそれは、考えたこともなかった行動原理だった。

小園さんは語る。

趣味じゃなくても相手が本が好きなら本が好きみたいに振る舞うし、ほんとは酸っぱいものが好きだけど友だちの前じゃ甘いもの大好きみたいなこと言うし。幽霊は怖い。猫は好き。クレープとマカロンが好物で、宿題とお説教がきらい。そう振る舞っている、と。

だって、みんなはそういう小園絵里奈《えりな》を好きだから。

そうやって相手の好みに合わせ、相手が喜ぶことばかりしていれば嫌われずに済むからそうしている、と。

嫌われるということは殺されるということで。

殺されない為に愛されるように振る舞うのだ。

所属しているコミュニティの中で息苦しい思いをせずに快適に過ごすためには、好かれるに越したことはない。自分の本来の趣味嗜好《しこう》なんて欠片《かけら》も匂わせない。完全に覆い隠して、外に見せるのは相手が期待している可愛《かわい》い小園絵里奈だけ。そう徹している。

演技で自分の振る舞いを塗り固めている。１００％自分のためだけに、愛されムーブをしている。

「ね？　性格悪いって思いません？」

私は考え込んでしまう。

先ほども思ったように理解し難い発想だったからだ。

「つまり常に相手に合わせて、自分の好みもそうであるかのように振る舞う……ということ？」

「そう言ってるんですけど」

「でも、それは不可能だと思うんだけど」

む、と小園さんがそこで初めて表情を曇らせる。

「不可能じゃないです」

「だって、ええとあなたのその所属するコミュニティ？　そこに猫が好きな人と猫が嫌いな人が居たらどうするの？」

猫が好きな人と犬が好きな人がいる。これは問題ない。背反ではないからだ。どっちも好きだと言い張ればいい。でも、猫が好きと猫が嫌いは排反事象なので共存できない。

小園《こぞの》さんは虚を衝《つ》かれたという顔をした。でも、すぐに顔色を戻すと、問題ないとばかりに言い張る。

「その場合は、そのコミュニティで立場の強い人に合わせます」

私は頷《うなず》いた。

それしかないだろうなと思ったからだ。

「だから浅村《あさむら》くんなんだね」

「……はい。そこまでわかっちゃうんですね……綾瀬《あやせ》さんは」

立場が強い弱い、という言葉は微妙だ。必ずしも地位のことだけを指すわけではないからだ。

この場合は「コミュニティに対して影響力のある人」と言うほうが近いか。

浅村くんは学生バイトであって正社員ではない。書店の中でもっとも地位が高いのは店長で、次が正社員の先輩、後輩ときて、バイトの先輩、後輩……みたいになるのだろう。

そこだけ考えれば浅村くんの立場は弱い。

けれど、学生バイトでありながら読売《よみうり》さんのように仕入れの管理まで任されている人もいる。

店長からは正社員にならないかと勧誘されたりもしている。

たぶん、読売さんは店長からの信頼がもっとも厚い店員のひとりで、だから彼女の立場は実はけっこう強い。ただのバイトであっても、そういう人物はいる。

そして私から見た感じでは、浅村くんも学生バイトの中では読売さんの次くらいに店長から信頼されている。

バイトに入って早い段階で私が小園さんを敬遠したものだから、小園さんとしては学生バイト仲間のコミュニティにおいては読売さんか浅村くんに取り入るしかなくなったのだ。

排反事象にぶつかって、選択を迫られて。

ただ、読売さんは大学卒業を睨《にら》んでそろそろ書店に来る回数を減らしていて、そうなると彼女が取り入る先は浅村くんしかいない。

「浅村先輩に対して積極的に絡んでたのもその一環でしかなかったんです。アプローチ、っていうのとはちょっとちがくて。綾瀬さんからは嫌われちゃったみたいだから、余計に浅村先輩にだけは絶対に嫌われないようにしなきゃと思って努力してたわけでして」

「それ、努力なの？」

「え？」

何を言っているんだという顔をした。

「ええと、訊《き》き方が悪いか……。努力って何をどうすること？」

「……たくさん頑張ることです」

「頑張ってるかな？」

小園《こぞの》さんがむっとした顔になる。

「あー、怒ったらごめん。そうじゃなくて……ええと」

言ってることはわかるのだ。けど——真剣であることと頑張ることは微妙に異なる。

「私、子どもの頃から食事の時に親が両方とも居なくて」

小園さんが、何を言い出したんだ、という表情と、意外そうな表情を同時に浮かべるという奇妙な顔をしていた。

「小学生の頃から料理してたのね。外で食べたり出前を取ったりすると高くつくし、出来合いのお惣菜《そうざい》だとたくさん食べれないし。だからたぶん、他の人より料理をしている回数がそもそも多いわけ」

家のキッチンで誰もいない時に料理を作るのは小学生の頃からだった。もちろん当時はコンロで油で揚げ物をするなんてのは禁止されていたけれど、家庭科の授業で調理実習を終えてからは割とふつうにキッチンに立っていた。

「それであんなに上手だったんですね」

「作るの嫌いじゃなかったのもあるよ。でもそれ以上に必要に迫られてだった。やるしかないからやってただけ。食べられるものが作れないと困るから、食べられる範囲でできるようになっただけ」

「意外です」

「で、ええと、最近さ。時々、すごく私の料理を褒めてくれる人ができて……。すごい、とか。こんなにおいしいのは食べたことない、とか」

いや、こんなにおいしい味噌汁《みそしる》はだっけ？　まあ、細かいことはいいか。

「えっ、良い妻アピールですか」

「ち、ちがっ。そうじゃなくて、褒められると思ってなかったから意外だったわけ。で、実際に褒められて感じたのは、そこって私にとって真剣ではあるけれど、別に頑張ってないよ、っていう」

料理を作るときはもちろん常に気を配っている意識はある。真剣なのは間違いない。ただ例えば、暇さえあればネットや雑誌からレシピを漁《あさ》る、なんていうのは日常的にしていることすぎて、今さら自分が特別なことをしているという感覚がない。そう、それ。

私は受験勉強だったら頑張っている自覚はある。でも料理を頑張っている感覚はない。だって上手になるつもりも、料理人になるつもりもないのだから。しなければいけないことだと感じているからしているだけ。より上なんて目指してない。

小園さんの「相手に合わせる」も同じじゃないかって思った。

必要に迫られて仕方なくしているだけの人って性格が悪いって言えるんだろうか？

「そんなこと言っても、あたしはそれで利益を得ているわけでして」

「と、思ってるから後ろめたいだけなのでは？」

「ぐ」

私だって、過剰に料理を褒められると、なんだか申し訳ない気分になる。それとおなじなんじゃないかな。

「ちゃんと料理を作ってお金を得ている人って、たぶん私くらいの年齢からたくさん努力してるんだろうなって思うから、自分が料理で努力していると言い難《にく》いんだよね」

「それはまあそうかもしれませんけど」

「あとね……。小園《こその》さんが髪を染めたのは高校に入ったときなんだよね」

「……ええ」

「それさ。おかしくない？　求められている髪の色が黒髪だったらどうするの？」

う、と小園さんが初めて返しに詰まった。

徹底するならばそうなるはずなのだ。読売栞《よみうりしおり》さんが黒髪ロング和風美人でありつづけているのは、それが周囲からもっとも求められている容姿だと自覚しているからで。

そう、読売さんはそういうことをナチュラルにやってる人だ。

あのひとが和風美人スタイルを好みかどうかは本当のところはわからない。美人であることと装うことに興味があるかどうかは別なのだ。工藤《くどう》准教授のようにひょっとしたら服に葉っぱが付いていても気にしない性格かもしれない。本の世界に没頭する人って、わりとそういうところがあるような気がするんだよね。

だから読売さんが小園さんの愛されムーブを見抜けない、っていうのがちょっと引っかかっていて……って、そこは今は考えるとこじゃないか。

「自覚がないのかもしれない。でも、小園さんの内心は気づいてるんじゃないのかな」

「何を、ですか？」

「相手が好きなものを自分も好きであるかのように振る舞う。その行動ですべてを押し通す。そんなの無理だって。小園さんがインナーカラーを入れたのって他人に愛されるためじゃないでしょ」

そう指摘するとしばらく小園さんは考え込んでいた。そして、観念したように言う。

「誰かさんと同じようなこと言うんですね」

どうやら読売先輩にも似た指摘をされたらしい。そのときの回答と同じだと言って話してくれた小園さんの動機は、ほんのりスピリチュアルで、だからこそ生々しかった。

——鏡に映った自分が自分じゃない気がして色を入れた。

バイトの面接を控えていたにもかかわらず、悪目立ちして浮いてしまう可能性があったにもかかわらず。

「面接に落ちても他を探せばいいやって感じかな」

「……はい」

「ということは、小園《こぞの》さんだって、必要に迫られてやっているだけなんじゃないのかな。徹底するなら周りに合わせて髪の色だって決めるはずでしょう？」

でも、それは嫌だったわけだ。小園さんは相手に合わせてると言うけれど、できる範囲でだけだ。そうはしてないところだってあるし、ってことは100％自分のためだけに、愛されムーブをしているわけじゃない。

例えば将来役者を目指していて演技の勉強の為《ため》だというのなら、そういう役作りの練習だと思えば。役に応じて容姿を変えるくらいはやるんじゃないだろうか。

「小園さんはバイトの仕事を覚えるのも熱心だし、キャンプのときだって、やったことのない包丁の扱いを覚えるのに熱心だったでしょ。それ、愛されムーブだからなの？」

「ですよ」

「そう、かな。私にはどちらも小園さんの真面目さが出てるって思ったけど」

小園さんがふいっと視線を切った。

「綾瀬《あやせ》さんの、そーゆーとこですよ！　あたしの誤算は」

はあ、と溜息《ためいき》をつく。

「そういうとこ？」

「ですから……。ええとですね。あたし、この前のデイキャンプのとき、浅村《あさむら》先輩のこと、ちょっといいなって思ってしまったんですよね。わりと本気で」

どうしてここで浅村くんが出てくるの、とは思ったけれど、小園さんの話を切りたくなくて、とりあえず私は会話をつづけた。

「自分に好ましい環境づくりのため、とかじゃなくて……ってこと？」

「はい。だってほら、あたしが転びそうになったとき、ちゃんと見ててくれて、支えてくれたじゃないですか」

「浅村くん、優しいからね」

「ああいうカッコイイ男の人が守ってくれるんだったら、無理して周りに合わせる必要とかなくなるのかなぁ、なんて思ってしまって」

「かっこいいおとこのひと……？」

「だからなんで疑問形になるんですか」

「ごめん。うん、優しくて頼りになるよね」

　事実は事実として認めるとして、私も親友を必死になって応援している彼をかっこいいなとは思ったし。でもなぜか他の人が浅村くんをそう評していると首を傾《かし》げてしまう。

　なんでだろうね。

「でも、そう言うってことは無理をしてるっていう自覚はあるんだね」

「そこは今はいいんですってば！　重要なのは、本気で浅村先輩にアプローチするなら、ライバルの存在が気になるってところです」

「ああ……」

　ようやく休憩時間のときの言葉の謎が解けた。

「だから、『浅村《あさむら》先輩と付き合ってたりしますか？』なんだね」

「そーゆーことです。もし、浅村先輩と付き合ってるのだったら、綾瀬《あやせ》さんは寄ってくるコバエを叩《たた》き潰したくなるでしょ？」

だからどうしてそう好戦的なのかな。

「つまりですね。浅村先輩と仲良くしようとすれば綾瀬さんには嫌われるはず」

あちらを立てるならこちらが立たなくなる。私と仲良くしつつ、浅村くんもゲットするということはできないのだ。

「正直、最近まで綾瀬さんには嫌われてると思ってたし。だったら、浅村先輩とくっついてもいいかなーって」

「私に嫌われることと、浅村くんが小園《こぞの》さんを好きになることはイコールじゃないよ」

「うわー、正論きた。そりゃそうですけどね。でもほら、あたしはすでに可愛《かわい》い後輩ポジをゲットできてるって思いません？」

「ソウダネ」

「欠片《かけら》も納得してねえよ、この先輩。ちくしょうめですよ」

「まあ、アプローチするだけなら、その人の自由だよね」

「言うだけならタダ、みたいな突っ込みやめてもらえませんかね。いいですけど。まあ、だから近づくチャンスを窺《うかが》ってたわけですよ。って思ってたらです。この先輩ったら、妙に優しくしてきたじゃないですか、デイキャンプで。さっきもですよ。どーしていきなり褒めやがるんですか。そこが誤算だったんですってば」

ああ、そこが誤算だったたって言ってたのか。でも私としては――。

「素直に偉いなって思ったところを褒めただけ」

私はようやく小園さんという人物の輪郭が見えてきた気がした。

この子は間違いなく真綾《まあや》とは真逆な存在なのだ。

真綾が周りの人たちをよく見ているのは、自分の為《ため》じゃない。あれはたぶん小さな弟たちがたくさんいて、ずっと面倒を見てきたからこそ得た気配り力なのだ。

むしろ、小園さんは私に近い。人の輪から出ていこうとした私とちがって、彼女は人の輪の中で生き延びようとしただけで。元となる性格は同じでも、ひとりで生きていくと決めた私と、ひとりでは生きていけないと悟った彼女とのスタンスのちがいが、今のふたりの差を作ってる。

私も小園さんも第一選択肢が自分の環境優先なのだ。

「さっきの答えだけど」

浅村くんと相談して決めたことじゃない。すり合わせていない。私がここで勝手にばらすのは良くないのかもしれない。

それでも――。

「私と浅村くんは付き合ってる。恋人同士だよ」

小園《こぞの》さんがさっと私のほうへと顔を向けた。

じぃっと小さな瞳で見上げてくる。

「べつに……べつにいいですよ。なんとなく察してましたし。強引に奪おうなんて思ってませんですし。勝手に想《おも》うぶんには自由じゃないですか？　まあ、法的には結婚するまでだったら奪ってもルールの範囲内だって、あたし的には思いますけど」

「つまり、アプローチしたいってこと？」

小園さんが壁から背を離した。

そのまま私の隣をすり抜けるようにして行こうとする。

「もうわかってると思いますけど、あたしって超エゴイストですから。余計なことを気にしながら適切な距離を測ろうとしてるような人に、たぶん負けませんよ」

そう言って出口へと向かおうとする。

「自信たっぷりな台詞《せりふ》なのに、『たぶん』なんだ」

向けていた背を翻して小園さんが私を見た。

まっすぐに目を合わせてくる。

私は今日初めて彼女とちゃんと目を合わせた気がした。

「あたしは、綾瀬《あやせ》先輩のそーいうところが嫌いですからね！」

べぇっと舌を出しながら言い放った。

そのあとは彼女は何も言わずに去っていった。

「困ったな」

どうやら私は浅村《あさむら》くんとのことを色々と考えなくちゃいけなくなったみたいだった。

小園《こぞの》さんが去った出口の向こうでは、すっかり夜となった東京都心の摩天楼の明かりが夜空を下から照らしていた。


その日の夜も浅村くんとＬＩＮＥのやりとりをした。

でも、手短に済まされてしまった。

相談したかったんだけど、明日も早いからと言われて……。考えてみれば、浅村くんはいま勉強に集中したい時期のはずで、私の個人的な相談事で時間を取らせるのはわるいかもって引き下がってしまった。

そのこと自体は正しかったと思っているけど。

まだ合宿２日目――浅村くんと会えなくなってたった２日だというのに、私の心はこんなにも欠落感を覚えている。

会いたい。声を聞きたい。触れ合いたい。

なぜ今ここにあなたは居ないのか。あなたにここに居てほしい。

そう言ってしまいそうな私がいる。

ベッドに入って悶々《もんもん》と眠れずにいる間にも時は流れる。デジタル表示の枕元の時計が目を開けるたびに数分ずつ進んでいる。

ああいけない、早く寝ないと朝起きられなくなってしまうのに。

ぼんやりと小園さんとの会話を思い出す。

彼女は、「自分はエゴイストだから恋愛で遠慮なんてしない」という意味合いのことを言っていたけれど、それを言ったら私もエゴは出しているのだ。

キャンプのお買い物に行ったときに、小園さんに自分たちの関係をどう説明するかについてふたりで話そうとしたときを覚えてる。『あとでふたりでゆっくり考えることにしよう』と決めたのだ。

それなのに私は浅村くんに相談せずに小園さんにばらしてしまった。

あのときの心理を自分で分析してみると、本当にアプローチされたら困るっていう危機感があった気がする。そこまで気づいてはいなかったけれど。

だから恋人同士だと明かしてしまったのだ。

私だってなかなかのエゴイストだ。

ただ、浅村くん相手にそれを出せないだけで。

私は自分と深く関わりあう人で、しかも切り捨てられない人ができたときにどうしていいのかわからなくなってる。

要求してしまっていいのか。その要求が叶《かな》えられなかったときにどうしたらいいのか。ぎくしゃくして関係が壊れてしまうのが怖い。

でも……どうやら恋愛というのはそういう部分があるような気が……している。

求めたいから、あなたも求めてほしい——みたいな。

双方の合意よりも先に、双方の要求がそもそも発生しないことには成立しないのが恋愛というものらしいから。

これがひと夏の恋だったら、いちどきりで始まってそこで終わってもいいのだろう。

でも私たちは兄妹《きょうだい》であって、かつ恋人同士だ。生活の中に恋愛がある。ということは、いちどきりのイベントではなくて、何もかもがつづいていくっていうことだった。

言わば恋愛生活をしている。

どうしたらいいのだろう。

悩んでいるうちにまぶたがどうにも持ち上がらなくなり、やがて私は眠りの淵《ふち》へと落ちていってしまった。

●8月6日（金曜日） 浅村悠太《あさむらゆうた》

合宿5日目の朝。

早く目が覚めた。

手元のスマホを見る。

05：57。

なんと6時前だ。昨日も3時を越えて寝付いた記憶があるのだが頭はすっきりしている。

朝食までに2時間もあった。日を追うごとに早く目が覚めている気がする。

だが、ちょうどよかった。掛け布団を撥《は》ね上げ、顔を洗って俺はさっそく今日の予習を始めた。

昨日もテストがあった。

だが、まだまだ思うようには解けなかった。

今も耳の奥で周りの奴《やつ》らの軽快に鉛筆を走らせる音が残っている。

それだけではない。講義があるたびに俺は周りとの差を実感している。授業の途切れめになれば、彼らはこぞって講師へと鋭い質問を投げかけるのだ。講義内容を聞いて板書を取るだけで済ませているわけではなかった。

もっとだ。もっと理解を深めねば、もっと素早く解けなければ、到底あいつらに勝てる気がしない。勝てなければ落ちる。一《いち》ノ瀬《せ》大は難関なのだから。それに我が家だってそこまで裕福なわけではない。まして俺と綾瀬《あやせ》さんふたり同時に進学希望なのだから、ここで浪人なんてできるわけがない。

だからといって志望校を下げてしまったら、綾瀬さんの横に並べる気がしない。彼女はきっと合格してしまうだろうし。

だったら頑張るしかない。

集中が切れたときにふと時計を見ると、9時に近くなっていた。

あと数分で講義が始まってしまう。

慌てて部屋を出る。予習をしていて講義に遅れましたでは洒落《しやれ》にならない。

エレベーターは今日も混んでいたが、ぎりぎりで講義室となっている部屋へと飛び込むことができた。

息を落ち着かせる間もなく講師が入ってきて5日目の最初の授業が始まる。合宿も折り返しになって今日からは後半戦だった。

12時まで2コマに渡って講義はつづき、昼食の時間に。

さすがに朝食を飛ばしたつけが回ってきて腹が空腹を訴える。食堂はバイキング形式（3食の食事代は合宿費の中に含まれている）だからいくらでも食べられるのだけれど、この状況でそれをすると眠気が出る。

パンとミルクのみを取って腹に収めつつ、単語帳の見直しと授業の予習を済ませる。このところ食事はずっとこの調子だった。

午後の講義に臨んだ。休憩を挟みつつ90分の講義4コマが13時から20時まであって、すべて終わるとようやく夕食の時間だ。

ここまで軽食で済ませてきたからお腹《なか》が盛大に音を立てて鳴っていた。

「さすがに……カレーでも食べるか」

ひとりごちながら食堂をさ迷う。

カレーとオレンジジュースをトレイに載せて空いた席を探して回る。

声を掛けられて顔をあげると藤波《ふじなみ》さんが手招きをしていた。見れば向かいの席がひとつ空いている。俺は感謝を述べつつそこに座って、失礼、と断りつつ単語帳をめくりながら夕食を食べた。

5分ほどで食べ終える。「じゃあ」と言って席を立とうとすると、藤波さんが驚いた顔になる。

「いくらなんでもそれだけで済ませるつもりですか？」

「いや、充分お腹いっぱいだよ」

そう答えた俺の顔をなぜか藤波さんはじいっと覗《のぞ》き込《こ》むように見上げる。

「あの……失礼なこと聞きますけど、ちゃんと寝てます？」

「えっ、それはもちろん」

「目に隈《くま》ができてますよ」

俺は自分の目許《めもと》を擦《こす》った。たかが数日睡眠時間を削っただけでそこまでになるとは思えないが、言われると多少は気になる。まあ、だいじょうぶだとは思うが。

早く部屋に戻って勉強を再開したかった。今日はなんだかとても勉強が捗《はかど》っている気がするのだ。


「そう。まあ、気をつけるよ。じゃ」

言いおいて俺はトレイをもったまま席を立つ。

「どこにもっていく気ですか」

「え、あ？　ああ、そうか。学食じゃないんだっけな」

この合宿の食堂では食べ終わった後のトレイはそのままにしておいて良いという決まりだった。忘れていた。

トレイを席に残したまま帰ろうとしたところを、藤波《ふじなみ》さんに呼び止められた。

「浅村《あさむら》さん、英語の辞書、持ってきていたりしますか？」

「え？　ああ、もってきてるけど、一応」

「あとで貸してください。すこし予習で使いたいので」

「構わないけど。なんだったら今、持ってくるけど」

「あとでいいですよ。そちらの手を煩わせるのもわるいですし。辞書の貸し借りのような用事があれば訪れるのも問題ないでしょう」

ホテルの部屋は男女でフロアを分けられている。が、用件を伝えれば物の貸し借り程度は認められるらしかった。

俺は部屋番号を告げると、辞書を用意しておかなきゃなと頭の隅にメモを取る。

「じゃあ、お休みなさい」

「……ええ。また」

なんだか藤波さんらしくない歯切れの悪い返事だな、と思いつつ俺は席を立った。そういえば同じ合宿所にいるのに藤波さんとは時折り顔を見かける程度で話をしたのも久しぶりな気がする。

というか人と会話をしたこと自体が数日ぶりだ。

綾瀬《あやせ》さんとのやりとりも短いメッセージだけで通話はしていなかった。

「声が聞きたいな」

ぽつりと零《こぼ》した自分の言葉に俺ははっとなる。いや、そんな余裕なんてあるはずがなかった。今は1分でも多く勉強に集中すべきだ。

まだ20時を少し越えたところだから、これから2時間は勉強できる。

部屋に戻ると数学の問題集を開いた。

スマホの通知音に集中を切られる。

一瞬だけ表示されたバナーを見ると、どうやら綾瀬さんからのようだった。

いつもなら就寝直前に送られてくる。今日はまだそんな時間ではないのに、何かあったのだろうか。気になってスマホを手に取ろうとしたところでドアをノックする小さな音が聞こえた。

……誰だろう。

訝《いぶか》しみつつも覗《のぞ》き窓から見ると、立っていたのは藤波《ふじなみ》さんだった。

慌ててドアを開ける。そうか、辞書を借りたいとか言ってたっけ。ええと……。

「ごめん、いま、辞書をもってくるよ」

「いえ、それよりも、ちょっと入らせて頂いても？」

「あ、うん。構わないけど」

「どうも。あまり廊下に長く立っているのも不審がられるので。助かります」

言いながら彼女は狭い部屋の中に入ってきた。

「英語の辞書だったよね。ちょっと待って――」

「ああ、あまりそちらは慌てなくてもだいじょうぶです。どうせ言い訳ですから」

はい？

「言い訳って」

「気になったのですこしお話をさせてほしいなと。まあ、いつもならひとさまの事情にはできるだけ関わらないようにしているんですが。全く知らない仲でもないですしね」

そう言いながら藤波さんは近寄ってきて、俺の顔を覗き込んできた。

「ああ……酷《ひど》いですね、これは」

「って、え？」

「酷い顔をしてます。いったい何日寝てないんですか」

「いや、寝てるけど」

「今日は？」

「2時間は寝た」

「昨日は？」

「……2時間、いや、3時間は寝てる」

「あきれました。それを寝てないと言うんです」

藤波さんは盛大に溜息《ためいき》をつき、自らの額に手を当てて首を振った。

なぜそこまであきれられるのかわからなかった。だって本当に眠くならないんだ。講義中に眠くなるわけでもないし。

「いやでも、眠くならないし」

「つまり、寝てないんじゃなくて、眠れないってことですね」

「調子がいいんだ。こんなに勉強に集中できているのは珍しいくらいで」

「へえ。では、さぞ、模試の成績はあがったんでしょうね。結果は返ってきてないですが、自己採点くらいはしてるんでしょう？」

「それは……」

俺は沈黙せざるをえなかった。

合宿期間中の模試は2度目だったが、昨日のテストは自己採点する限りではたぶん今までで最悪の出来だ。覚えていたはずの公式はすっかり抜け落ち、時間配分もミスってしまったから後半は半分も解けてない。

「はあ。まあ、こんなことを言われるのは不本意でしょうが——」

「あ、いや。ええと……。とりあえず座ってくれていいよ」

まだ何か話したそうな藤波《ふじなみ》さんに、俺は自分が先ほどまで座っていた椅子を差し出した。

けれど、藤波さんは「長居するつもりはないのでこのままで」と言って、座らず俺の前に立っていた。

「で、なぜあなたはそこまで焦ってるんですか」

「え……」

俺が焦ってる？

「志望校は一《いち》ノ瀬《せ》大でしたか。確かに難関だとは思いますが、今のあなたの状態ではそもそも学んだことが満足に身についていないのでは？　もっとリラックスしたほうが効率も上がりそうなんですけどね」

「けど、これくらいやらないと周りに追いつけない。いや、追い抜けないから」

「周り……この合宿に来ている人たちってことですか？」

俺は頷《うなず》いた。

「この勉強合宿に来てるような高校生は上澄みも上澄みだと思いますよ。そりゃなかなか勝てなくても仕方ないです。比べる意味、ありますかね」

「それはあるでしょ。だって受験は競争なんだから比べて当然だよ。それにそのレベルの相手に勝てなかったら一ノ瀬には入れない」

この合宿に来ている奴《やつ》らの全員が一ノ瀬を受けるライバルだなんてことは俺だって思ってはいない。しかし、このレベルの相手がライバルなのは間違いない。

「なるほど。では訊《き》き方を変えましょう。あなたが一ノ瀬に入りたい理由は何ですか？」

「え、それはもちろん――」

「希望の学部は？　将来に就きたい職業との関連は？　何か、一ノ瀬でなければいけない理由がおありなんですか？」

「そ……れは特に……ない、かもだけど」

「だから、あきれたというんです。そういうものがないなら、べつに一ノ瀬じゃなければいけない理由はないでしょう。だったら、何をそんなに焦る必要があるんですか」

睨《にら》みつけるような視線で見下ろされる。

黙ったまま見つめ合い、俺のほうが先に視線を逸《そ》らした。

「確かに……一ノ瀬じゃなきゃいけない理由はないんだ。でも、俺はその……将来一緒に暮らしたいと思っている人がいてさ」

俺が言うと、藤波さんは頷いた。

「ああ、以前に話していた人ですね。なるほど、そこまで真面目に考えていた相手だったとは。なかなかいまどき珍しい」

「珍しいかな」

「だと思いますよ。そんな遠い先のことまで考えている高校生はあんまりいません」

「遠い……」

「ええ。遠いですね。晩婚化が叫ばれてる昨今、十代の若者が結婚を意識する時なんて、永遠に等しいほど後の話では？」

　妙に詩的な言い回しだ。

「しかも、進学希望なんですよね。彼女さんのほうは？」

「進学だけど」

「だとしたら、まあ、出来ちゃった婚でもしないかぎりはおそらく卒業後ですよね。となると4年か5年後。ああ、同棲《どうせい》生活ってだけなら、今すぐでも可能かもしれませんが」

　一緒に暮らす、だけならもうしているが……いや、そういうことではない。

「そういう生活スタイルの話じゃなくてさ」

「冗談です。わかっています。結婚したいってことでしょう」

「け――」

　――っこん、という言葉は俺にはまだあまりに具体性が無さすぎた。口にしようとしただけで心臓がどきどきする。

「まあ、籍を入れるかどうかは気にしないっていう人もいますが、浅村《あさむら》さんはそのあたりは保守的だと思われますので、一緒に暮らしたいっていうなら、結婚したい相手ということですよね」

「まあ、そう……かな」

そんな具体的なところまで考えたことはなかったけれども。

ただ、俺には支えたいと思っている相手がいる。

今は互いに信頼関係を結べていると思っているけれど、感情は永遠ではない。

時間が経《た》てばどうなるかわからない。新庄《しんじょう》だってわずか半年ほどでもう綾瀬《あやせ》さんのことが恋愛的な意味で好きではなくなってたんだし。

彼女からの信頼を勝ち取りつづける為《ため》には、もっと上を目指さなきゃいけない。

相手に釣り合う自分でいるために、支えられる自分でいるためにも、より良い大学へ行き、より良い就職先を選べるようになりたい。

俺は自分の正直な気持ちを語った。

藤波《ふじなみ》さんは俺の言葉を黙って聞いている。

「そうでないと、俺は彼女にふさわしくないって思ってしまう」

「……ふさわしい？」

首を傾《かし》げた藤波さんの姿にデジャヴを感じて俺は目を瞬かせる。

「ふさわしくないと、ダメなんですか？　ああ、待ってください。前にもこんな気分になったような記憶が……」

藤波さんは天井をしばらく見上げてから顔を戻した。

「思い出しました。合宿の初日にも同じようなことを浅村《あさむら》さんは言いましたね。あのときもそう、なぜ一ノ瀬《いちのせ》を目指したのか理由を聞いたときです。あたしの動機の半分しかないから『恥ずかしい』。たしか、浅村さんはそう言いましたよね」

「たしかに……言った、けど」

「なぜ、あたしと比較する必要があったんですか?」

「いやだって……」

じぃっと俺を見つめていた藤波《ふじなみ》さんは何かを悟ったように頷《うなず》いた。

「なるほど、自己肯定感が低くなってしまっているわけですか」

藤波さんに言われたのは、俺が思ってもみなかった言葉だった。

「自己肯定感って、自分の存在を肯定する感覚のこと、だったよね」

「大雑把《おおざっぱ》に言えばそうです」

「それが低くなっているって言われても……」

なんのことやらよくわからない、というのが本音だ。

首を捻《ひね》っていると、彼女は説明を始めた。

「自分がどうしようもないクズで、相手に何も与えてあげられなかったとしても愛してもらえると信じられるかどうかってことです。『クズ』のところは『文無し』とか『臆病』とかネガティブワードだったら何でもいいんですが、要するに、ありのままの自分の姿を認める、と言ってもいいですね」

「ありのままの自分……」

「自分自身をフラットに見ているかってことです。そもそもそこが第一歩ですから。まずそれができるか。そしてそれを肯定できるか」

ぐ、と俺は詰まってしまった。

偏見を持たずにフラットに見る。それは常々俺が心掛けていたことだった。

すくなくとも他人を見る目に偏見を混ぜないようにと努力してきたつもりだった。

けれど、自分に対してはどうだったろうか。

「浅村さんは自己認識に歪み《バイアス》が掛かっている、と思いますね。あなたはもともと自己評価が低いタイプだとは思ってました」

「自己評価が低い……。それは友人からも時々言われることがある、けど」

「でしょうね。まあ、謙虚っぽく見えるから、それはそれで社会的にはお得な性格だとは思いますが、ただ、あたしと出会った頃は自分を大したことがないと言いつつも、そこまで周りと比較してどうこう考えてはいませんでしたよね」

「そう……かな」

「だって、予備校に通っていながら、あたしに誘われて夜の渋谷《しぶや》の街をうろつくような人でしたから。周りがぜんぶ自分より勝っているように見えて焦っている――とは思えませんでしたよ？　つまり、他人との比較で焦ったりはしてなかった」

藤波さんの指摘に俺は奥歯を噛《か》みしめ唸《うな》ってしまう。

確かに俺は定期考査で丸《まる》にも奈良坂《ならさか》さんにも負けていたけれど、だからといって特に焦って勉強時間を増やしたりはしていなかった。

思い出してみれば、俺はそもそも、他人と自分を比較して自分を落ち込ませていたという記憶がない。最初からそうだったわけではないが、高校に入る頃には、他人は他人、自分は自分という性格になっていた。

というか、そういう性格になるしかなかった。でなければ、小学校受験も中学校受験も失敗したんだから、地の底に落ちた自己評価で溺れていただろう。

世の中をフラットに見ることを座右の銘にしたのも、多様な小説を読んでそこから学んだことが大きい。弱点が長所に早変わりし、不利な趨勢《すうせい》をひっくり返すエンタテインメントなら山ほどある。

そんな俺が――物事をフラットに見る力を失ってたっていうのか。

「昨年、あたしが夜の渋谷《しぶや》の街を見せたとき。駄目人間でも生きていて良いという世界を見せたつもりだったんですけどね」

「それはあたりまえだと思う。そもそも、ひとの評価なんて評価軸が変われば変わるんだし、生きる価値があるから生きていていいわけじゃなくて、生きていることが価値なんだから生きている人間はみんな生きていて良いんだ――よ」

言っていて俺は自分の言葉に自分で衝撃を受ける。

だったら、なんで俺は自分の評価が低いことに今さら焦ってるんだ？

「浅村《あさむら》さんは他人を見るときにはフラットであることを心掛けているんでしょう。でも、自己認識には歪《ゆが》みがある。自己肯定感が低すぎるんです。原因はわかりませんけど」

「それは――」

心あたりはうすうす思い当たった。俺の自己評価が低いのは、俺の過去の成績が、ただ実母を怒らせるだけのものだったからだ。俺は実母の愛情を受ける資格を失うほどの成績しか取れなかったから。愛情を失うほどの低い価値が自分だ、と俺は感じた。

「それが今のあなたの自己評価を下げさせ、そのまま自己肯定感を下げる要因になっているんではないですか」

ぐうの音も出ない。

「でも……」

だからと言って現状に甘んじていては綾瀬《あやせ》さんに到底追いつけはしない。

「まだ『でも』とか言いますか」

溜息《ためいき》をついた藤波《ふじなみ》さんは予想外の行動に出た。

ずいっと俺のほうに一歩近づくと、そのまま手を伸ばして俺の胸をぐいっと押したのだ。支えのないベッドに腰かけていた俺はなすすべもなく後ろに倒れる。

宙を腕が泳ぐ。両手首を掴《つか》まれ、手錠を掛けるようにまとめられる。そのまま腕を曲げさせられて、自分の胸元に自らの手首を押し付けられた。

ちょうどお祈りをしているかのような格好にさせられたわけだが、状況はどちらかといえば――。

「警察物のドラマなら『容疑者の身柄を確保！』とか叫ぶところですかね」

言いながらにやりと笑みを浮かべる。立っている藤波《ふじなみ》さんがやや腰を曲げると、端整な顔が間近に迫ってきた。顔の向こうに部屋の天井の火災報知器が見えた。息のかかる距離で藤波さんが言う。

「こうすればあなたは勉強なんてしたくてもできなくなるわけです」

「いや、冗談だろ」

「まあ聞いてください。あたしがこんなことをしても意味がないことはわかってるんですから、ただちょっと想像してみてほしいだけです」

言いながらぎりっとまとめた手首を握りつける。

痛い痛い痛い。藤波さんは俺よりも上背があるだけでなくて、そこそこ腕力も握力もあるようだった。言うだけあってしっかり確保されてしまっている。

「想像って……」

「こうやって不愉快にも勉強の邪魔をするのが、あなたの大事な人だったら、どう思うかってことですよ」

目の前の藤波さんが綾瀬《あやせ》さんだったらってことか？

「綾瀬さんはこんなことしないと思う」

「ああ、そういう名前なんですね……そのなんとか綾瀬さんが――」

「いや、それは苗字《みようじ》だから」

「は？」

間の抜けたような顔になり、思わず（たぶん）藤波《ふじなみ》さんが握りつけていた手を放した。

俺は手首をさすりながら身を起こす。

「名前は沙季《さき》っていうんだ。まあ、今はそこが問題じゃないとは思うけど……」

「……結婚したいって言ってる相手を苗字で呼んでいるんですか？」

「そう、だけど？」

「……え？　嘘《うそ》ですよね」

「いいや」

「……相手の方、怒りませんか？」

「向こうも俺のことは苗字で呼んでるし」

家の中では、悠太《ゆうた》兄さんと沙季、だけれど、そもそも学生は家の中で一緒にいる時間のほうが短いから、トータルすれば今でも「綾瀬《あやせ》さん」「浅村《あさむら》くん」のほうがたぶん多い。

心の中ではいまだに俺は「綾瀬さん」だし。

藤波さんはそこで今日何度目かにしてもっとも大きな溜息《ためいき》をついた。

「他人の恋愛事情には決して首を突っ込むなと言われてるんでこんなこと言いたくはないんですが、あなたたちいったい何をやってるんですか。それ、結婚まで考えている男女の振る舞いには到底見えません。まさかキスもまだだとか言わないでしょうね」

「……言わなきゃだめかな？」

「いいえ。結構です。その答えでだいたい察しました。それより先ほどの答えです」

一歩下がって藤波さんが言った。

「勉強の邪魔をするのが彼女だったらってやつか」

俺は真剣に考えてみた。

そもそもそんなことをしないだろうというのはある。だが、もしいきなり俺の部屋に入ってきた綾瀬さんが俺の勉強を無理やり邪魔しようとしたら……。別に腕を拘束とかしなくてもいい。あれは例えだ。鉛筆を取り上げるでも、開いていた教科書を放り投げるでもよかったわけで。

「何か理由があるんだろうなって考えて話を聞くかな」

「まあ、あたし相手にも怒り出さずに『冗談だろ』って言ってしまうあなたですからそうなんでしょうね。まだ穏やかすぎましたかね。じゃあ、無理やり頬《ほお》を引っぱたくとか、どうですか？」

「同じだよ。何か理由があるんだろうなって考えて話を聞く」

「でも、それが通りすがりの人だったら怒りますよね？」

「それはさすがに」

「それ以上は？」

「それはさすがに」

道を歩いてていきなり頬《ほお》をはたかれたら怒るより前に驚くとは思うが。

「彼女さん相手には怒らない。つまり、あなたはそれで彼女を嫌ったりしない、と。では、あなたが彼女の気に入らない行為をしてしまったとして、どうして彼女はあなたを嫌うんでしょうか？　なんであなたは、それで彼女に嫌われると思ってるんですか？」

「え……」

正直、虚を衝《つ》かれた。

そんな発想はしたことがない。

「例えば、あなたが倒れるまで勉強して本当に倒れてしまって試験を受けられずに、あるいは試験当日に体調不良で赤点を取ってしまったとして。それを事情も聞かずに怒りだすような彼女さんなんですか？」

「それは……」

一瞬、言葉に詰まる。

ちがう、と言いたい。

けれど答えがわからなくなった。

俺は小学校受験も中学校受験も頑張ったつもりだった。少なくとも当時の俺にできるかぎりのことはしたつもりだ。受験に受かれば母が喜んでくれるだろう。喜ばせたいという気持ちもあった。

だが——現実は俺の力が足りなかった。努力が足りなかったのだと言われたら反論もできない。受験の日が近づくにつれ、俺は食欲を落とし、夜もあまり眠れず、かなりふらふらになりながら試験を受けに行ったのは覚えている。親父《おやじ》は体を壊しては元も子もないからもっと休めと言ってくれたのだが、怖くて休めなかった。

試験には落ち。

俺は母の愛情を失った。

中学受験を失敗したときには、またかという目で見つめられて、大きな、とても大きな溜息《ためいき》を俺の前でついては首を振って今は顔を見たくないからあっちへ行けと部屋に返された。

その後しばらくして正式に離婚が成立し、母は出て行ったのだ。

人から愛情を得るためには、相手の期待に応えるだけの成果を示さなければならない。それを俺は強く意識することになった。期待をされるのが嫌で——だから俺は、他人にはあまり近づかなくなった。

「答えられませんか。では、恋人以外の誰か……いろいろな人で置き換えてみてください。友人とか親とか」

「友人……」

丸《まる》だったら。あいつは何故《なぜ》か俺をけっこう高く見てくれるから、「どうしたんだ？」とか言って心配してくれるかもな。親父は……昔と同じように頑張ったんならしかたないよ気にするな、って言うだろう。

少なくとも丸《まる》と親父《おやじ》は、俺がいつもとちがう行動をしたら、理由くらいは聞いてくれそうだ。

「そこで怒りだささずに、その時点のあなたを肯定してくれる人が思い描けるなら、そこまでは自己肯定感を育てられるってことです。誰も思い描けなかったらかなり自己否定感が強いです。どうです？　誰か居ますか？」

「まあ……少ないけど」

「ああ、いいですね。居るだけましです。ちなみにあたしはゼロでした」

俺は絶句してしまう。

だが言われてみれば藤波《ふじなみ》さんは親族から否定された子どもだったのだ。

「誰もあたしに生きていて良いと言ってくれなかった。今の育て親の下に引き取られた頃はそれはもう荒《すさ》みきってましたよ。目つきの悪い、ひねくれた子どもでした。肌は荒れるわ、言葉は汚いわ。クラスの子たちと並んで写真に写るのがいやでしたね。その状態の自分を誰かが愛してくれるなんて思えるわけもないんです」

で、とひと息ついてから藤波さんはつづける。

「そんなあたしに引き取り手のおばさんはなんて言って諭したかと言うとですね。これがまた強烈でして。ばっさりとひとこと、誰かに愛してもらえるなんて期待するな——と、こうでしたね」

引き取られた直後のことだったという。

渋谷《しぶや》の裏街の女傑である引き取り手の女性はこう言った。

『この街は薄情だから、誰かが愛してくれるなんて期待しちゃいけないよ』

まだ中学生だった彼女へ子どもだからと甘い言葉などかけずに世の真実を告げるかのような口調で言った。

『他人に自分の心を揺さぶられてるようじゃ、ここじゃ生きていけない。他人からの愛情なんてものを当てにしても無駄だから。そんなものは初めから期待しないこと。どうしても愛が欲しけりゃ、自分で自分のことを愛してあげればそれで充分さ』

そして藤波さんは他人に期待することをやめたのだという。

「他人からどう見られるかを気にして自分の行動を決めるってことは、自分の人生の主導権を他人に委ねているもんだと思いませんか？　中学校まではあたしも一生懸命に相手の期待に応えようとしていたんですけどね。残念ながらその結果が家を出ることに繋《つな》がったわけでして」

同じだ、と思った。

程度の差はある。だが他人の期待に応えようとしてそれに応じられずに彼女も俺も苦しんだのだ。

「自分の行動は自分の為《ため》。そう考えてからのほうが気楽になれました。なにしろ自分の為なんですから、結果を他人がどう思おうが気にせずに済みます。こうしてたいして年齢もちがわないあなたにお説教まがいのことをしても、嫌われるかもなんて不安をもたずに済みます」

相手のために。

誰かのために。

他人のために。

家族のために。

恋人のために。

「――そういう考え、やめたほうがいいですよ。少なくともあなたは、そう考えてるせいで今、ドツボにはまってます。あなたがただ自分のために生きた結果を否定し、嫌うような相手なら。べつにそんな相手と付き合ってる価値ないじゃないですか」

「付き合うことに価値があるから付き合ってるわけじゃないよ」

ぽつりと漏らした言葉に藤波《ふじなみ》さんがむ、と口を閉ざした。

言っていることは理解できる。

だが――。

「それは……言いたいことはわかるけど。期待に応えようとして頑張ることは、そんなにわるいことじゃないよ」

俺は彼女のようには開き直れない。

たぶん、俺は覚えているからだ。

水星《すいせい》高校の入学試験に合格したときに喜んでくれた親父《おやじ》の顔を。

パラワンビーチで待っていてくれた綾瀬《あやせ》さんの下へと駆けつけたときの彼女の顔を。

期待され、それを達成したときに喜んでくれた表情が今も鮮やかに胸に残る。

「自分の人生ですよ」

「自分の人生だからさ。自分のためだけに生きているだけじゃつまんないだろ」

お互いに口を閉ざして次の言葉を探していた。

ぽこん、とそのとき間抜けな音を立てて携帯が鳴る。

メッセージの着信を知らせる音だった。

ちらりと視線を送ると、バナーに綾瀬の文字が見えた。そういえば藤波さんが来る直前にも通知があった。返信がないので心配したのだろうか。

「見てもいいですよ」

俺は黙ってスマホを手にする。

「動画のURL……？」

動画配信サイトへの誘導のようだが、いったい何を見せたいのだろう。メッセージのほうを見ると、【これ、おすすめ】とだけある。

「恋人さんからだったら、どうぞ。気にせず、お話でも返信でも。あたしはこれで——」

「ああ、いや、たぶんたいしたことのない——」

タップした先の動画から音楽が流れ出した。

雨音のようなゆったりとした音楽だ。すこし掠《かす》れたような音――。

「ローファイ・ヒップホップですか」

「勉強のお供にいいよって教えたことがあって……でも、これは」

ゆったりとした調子で、メロディラインもゆるやかなら音数も少なくて、例えが適切かはわからないが、クラッシックを聞いているかのような印象を受ける曲だ。

どういう意図があるのだろうかと最初のメッセージを見てみた。

「【安眠できるおまじないを見つけました。頑張ってると思うけど、頑張りすぎて無理をしないでね】……か」

どこか懐かしさを感じる曲がスマホから流れては部屋の中を漂う。耳から入った音は、鼓膜を震わせてから体の内側へと沁《し》みとおるようにして消えていった。

目をつぶると、綾瀬《あやせ》さんの微笑《ほほえ》む顔が浮かんだ。

目を開く。

藤波《ふじなみ》さんの顔をようやく冷静になって見られた気がする。彼女が丸《まる》や綾瀬さんや親父《おやじ》が「無理をするなよ」と心配げに言ってくるときと同じ顔をしていることに、俺は遅ればせながらようやく気づいた。

「すごく参考になる意見をありがとう。俺も頭が冷えたよ」

「そうですか。別にあなたの為《ため》にしたことじゃないですけどね。あたしは自分が言いたいことを言いにきただけですから」

知り合いが酷《ひど》い顔をしていたからひとこと言いたくなっただけ、というのは藤波さんのスタンスとして間違いないのだろう。

ただもしかしたら、過去に同じような痛みを感じていたからとか、過去の自分を思い出したからとか、そんなこともあるのかもしれない。

「じゃ、早くください」

藤波さんが手を前に出している。

「え？」

「辞書です。英語の。アリバイは必要なので」

「言い訳に過ぎないんじゃなかったの？」

「嘘《うそ》にはリアリティが必要なんです。こういう実態をおろそかにしてはリアリティが欠けてしまって誰も信じてくれなくなります。深夜に男の部屋に夜這《よば》いしたとかあらぬ疑いを掛けられたくありません」

頷《うなず》きつつ英語の辞書を渡すと、藤波さんは「明日返します」と言って部屋を出て行った。

消えていく背中に俺はありがとうなと小さくつぶやいた。

部屋にひとり残った俺はベッドの上に腰かけたまま綾瀬さんの教えてくれた動画をループモードで流しつづける。

藤波さんの指摘は痛いところを突いていた。

俺の、綾瀬さんの期待に応えたいという気持ちがわるいとは思わない。けれどその期待に応えなければ嫌われる、というのは俺の思い込みに過ぎない。

綾瀬《あやせ》さんは実母とはちがう――はずだ。ひとはそれぞれ。そして、それよりも、さらに重要なことは――。

他人の期待に応えたいということよりも、そもそも、俺自身が何を目指して受験するのかについて、まるで考えが足りてないということで。

自分の為《ため》の人生だという藤波《ふじなみ》さんの言葉を思い返す。

それだけでは寂しいと俺は思う。

けれど――まずは自分自身の為に頑張る。それが何よりも先に来なくてはいけないはずだった。

「やっぱ、焦ってたかなぁ……」

天井を見上げてつぶやいて。

スマホから流れる子守歌のような音楽を聴いているうちに、俺はそのままいつの間にか眠ってしまった。

夢さえ見ない眠りの向こうで会えない彼女の顔が微笑《ほほえ》んでいた。

●8月6日（金曜日）　綾瀬沙季《さき》

午後3時を少し回ったあたり。

「ただいまぁ」

玄関の扉を開く音とともに母の声が聞こえた。

今日は珍しくオフになったらしくて。ひと眠りしてから起き出し、渋谷《しぶや》駅前にお買い物に行っていたのだ。それでたった今帰ってきたというわけ。

「お帰りなさい」

自室の扉を開けて顔を覗《のぞ》かせ、声を掛ける。

「勉強してたの？」

「そう、だけど」

それ以外に受験生がしていることなどあるわけなかろうに。さも意外そうな顔をするのはどうしたものか。

「疲れてるでしょ。お茶にしましょ」

「まあ、ちょうど休憩しようと思ってたし」

「おいしいスコーンがあるのよ」

「じゃあ、ミルクティーだね」

私は素早くキッチンへと駆け込むと湯沸かしポットの電源を入れ、ティータイムの準備を始めた。

スコーンにミルクティーというのが定番かどうかは調べてないのでわからない。そういうものである、とどこかで聞いたような気もするが、それはそれとして母が昔から好きなのだ。

温めたスコーンにとっておきのクロテッドクリームと甘いジャムそしてミルクティー。それが彼女のお気に入り。

小さい頃からそれに付き合っていて、母が買ってくると、お茶の用意は私の仕事だった。その間に母はジャムとクリームを揃《そろ》えてくれるのが常だった。と言っても、クロテッドクリームはふつう冷凍保存できないので、冷蔵庫に入っていないかぎりは都度都度なにかで代用することになるのだったけれど。

今日は驚いたことに一緒にクロテッドクリームまで買ってきていた。さてはよほど美味《おい》しいスコーンを見つけたとみえる。

紅茶を淹《い》れて、キッチンの長テーブルに向かい合って腰かける。

スコーンはぬくもりをもつくらいにオーブントースターで温める。電子レンジに放り込んでもいいのだけれど、表面がかりっとする感じが私と母の好みだった。

温め終わると、お皿に置いてテーブルの中央へ。

「いただきます」

「はい。召し上がれ」

ふたりして皿から取り上げて食べ始める。

生地の柔らかい真ん中で割って、バターナイフを使ってクリームを塗る。欠片《かけら》を零《こぼ》さないように持ち手と反対側の手を下にお皿のように添えつつそっとかじる。

さくりとした噛《か》みごたえ。零れてきたスコーンの欠片が口の中でほろりと崩れてクリームと混じり合う。甘さとともに焼けた生地のもつ小麦粉の香りが鼻の奥から抜けていく。

ほわあっと心の中が軽くなる。

「これ、おいしい」

「でしょでしょ」

にこにこ笑顔で母が言った。ご満悦だ。

夏の午後のひととき。エアコンが冷たい空気を吐き出す音が静かに響く食卓で私と母はひたすらスコーンに齧《かじ》りついて紅茶を啜《すす》っていた。

「そういえば――」

唐突に母が口を開く。

ん？　と私は顔をあげる。

「沙季《さき》とこうしてふたりきりでお茶を飲むのは久しぶりね」

ああ。確かに。

母が再婚して、浅村《あさむら》家に引っ越してきてから、こうしてふたりきりでお茶を飲んだ記憶はほぼない。

「たまにはこういうのも落ち着くわねぇ」

やわらかな笑みを浮かべる母の顔を見て、私はまたもやもやしてきた。

自分の不安定さに比べて、この頃の母の落ち着きときたら。

「ほらまた」

母の言葉に私は首を傾《かし》げる。

「なに？」

「大きな溜息《ためいき》。最近、ずっとそう」

「えっ、そんなに」

「そうよ。自覚ないのね。なにか悩んでることでもあるの？」

「えっと……」

どうしよう、と迷ったのが本当のところ。

「こう見えても、悩み多き年頃なの、一応」

「へえ？　どんな？」

あくまで軽い口調だったけれど、問われて、ぐっと私は言葉に詰まる。

言えるか？　言えるわけがない。

あなたの娘は再婚相手の息子である義理の兄に恋したあげくに恋人同士になり、外では手を繋《つな》いだりハグしたりあまつさえキスまでしている仲で、現在進行形で後輩が恋敵として登場していて呼び出しされて対決したところなので悩んでます——とか。

無理だ。

どこから話していいのか、何を話せばいいのかすらわからない。

「お母さん、悩み相談なら得意よ？」

渋谷《しぶや》のバーで10年以上人気バーテンダーとして勤めあげているわけだから、母の主張もあながち嘘《うそ》ではないのだろうけれど……。でもなぁ。

「ええと……。これはあくまで一般的な話なんだけど」

「はいはい」

「いい？　一般論ね？」

「はいはい」

「恋愛関係にあるふたりって、エゴの押しつけ合いになったら駄目だよね？」

直近で言えば、浅村《あさむら》くんとふたりきりで花火デートしたい。デートして、もっとふたりの仲を確かなものにしたい。彼との間に余計なお邪魔虫の入り込む余地を作りたくない。けれど、受験勉強に一生懸命な彼に対してそれを言いだすのは、彼に対するわがままになるのではないか、という不安がある。っていう悩みが背後にあったりなかったりするのだけれど、それはそれとして。

あくまで一般論として、どうなのかを識者に問いたい。

と、牽制《けんせい》しての問いかけだったのだけれど、母はさらっと予想外のことを言ってきた。

「それはエゴの定義によるわね」

はい？

いきなり何を言い出すのか。

「最近、哲学だか倫理学だかの大学勤めの常連さんができたのよ。なのでいま、そっちの方面勉強中なの。お話を合わせないといけないから」

なるほど。つまりいま母は、バーテンダーモードなわけだ。

「エゴって……わがままのことでしょ」

「大きく3つくらいあるわね。『自我』のことを指す場合、フロイトさんの心理学用語としての『エゴ』、それから沙季《さき》が言ったような『自分本位の考え方』を指す場合」

「ジガ……って、ええと、保健体育の授業でやった『自我の確立過程』とかの自我？」

「そうそれよ」

言って母は紅茶を啜《すす》る。

ゆっくりと息を吐きだしてからつづけた。

「たぶん沙季は最後の意味で使ったんだと思うのだけど、一般論として恋人同士であろうが親子であろうが兄弟であろうが職場の同僚であろうが――」

職場の同僚と言われたとき、小園《こぞの》さんの顔がちらっと浮かんでどきりとした。

「――人間関係一般論でいえば自分本位の考え方が好ましく受け取られないのは確かかね」

「だよね」

「って思うでしょ」

「え？」

「じゃ、逆を考えてみましょうか。どんなときだったら、エゴが問題にならなくなるか」

指をぴっと一本だけ立てて母が言った。

うー。さっさと答えを知りたいときに、こうやって「考えなさい」と言ってくるのは母の教育方針なのだった。地味にストレスが溜まる。滅多《めった》にはないけれど、こういう「指導モード」に入ったときの母には逆らっても無駄である。

私は思考を巡らせた。

エゴが問題にならない場合なんてあるのかな？

頭を抱えていたら、母が助け船を出してくれる。考えろと言うわりには昔からやや甘いところがあるのも母だった。

「たとえば、朝食は絶対におコメ以外には許さない、っていう旦那さまがいる。こういうのもエゴでしょう？　妻のほうの好き嫌いを無視して自分の嗜好《しこう》だけ通そうとしているわけだから」

「そう、だね」

そんなことを言われた段階で私だったらもうむっとしてしまうけど。そんなエゴが問題にならない場合なんてあるんだろうか。

しばらく考えていたら、ふわっと答えが浮かんできた。

温めたスコーンにとっておきのクロテッドクリームと甘いジャムそしてミルクティー。

それが彼女のお気に入り。

私はそれに反対したことがない。ああ、わかった。

「妻のほうも朝食は絶対におコメ以外は嫌だっていう場合ね」

「正解。つまり『あらゆるエゴはその集団の構成員が同じエゴをもっていた場合には問題にならない』わけ」

「今日はシチューが食べたいって全員が思っていたら、食事のメニューで争いは起きないっていう話？」

「そうそう。あ、ひとりじめしたい、みたいにエゴの方向性が同じでも全員が共有できない場合はまた話が別になるから、ちょっと今は措《お》いておくわね」

そうか、エゴって自分本位の考えとしか定義されないんだから、それが相手にとって嫌かどうかまでは決まらないんだ。

そうなる場合が多いっていうだけで。

「それは……そうだけど。そんなことって――」

「そう、現実にはありえない。十人十色。千差万別。人それぞれだから。あらゆる場面で全員のエゴが一致するなんてことは現実的には不可能なわけです」

でもね、と母は言う。

「あらゆることでは無理でも、ぜんぶが無理ってわけじゃないでしょ。とくに集団の構成員が少数の場合は。だから、さっき沙季《さき》の言った問いかけ『恋愛関係にあるふたりのエゴの押しつけ合いはダメか』に対しての答えは厳密にはこうなるわね。『場合による』」

「えーと……？」

「手を握りたい。キスをしたい。なんでもいいけど。そういう恋愛系のイベントの場合、どちらかがそれを押しつけようとしたら、たとえ恋人同士であろうともハラスメントになる、っていうのは現代では常識よね」

「合意が必要ってことでしょ」

「そういうこと。だから、恋愛においてエゴイスティックであることは嫌がられる。同じ欲望をたまたま同時に発生させない限りは」

「どんな偶然があったらそんなこと起こるのか想像できないんだけど」

スイッチが入ったように同じエゴを抱くなんてね。

「ええ。どちらも自我をもつ人間だから欲求が同時に完璧に一致するなんてことは現実にはありえない」

言われて私ははっとなった。

つい最近――小園《こぞの》さんと対決した夜に考えたことだ。

自分が求めたいと思ったときに、相手も求めてくれなければ何も始まらない。

求めたいから、あなたも求めてほしい――みたいな。

双方の要求が良いタイミングで同時に発生しないと成立しないのが恋愛イベント……。

「だからこそ必要なのが合意の形成、つまりすり合わせなの。それをしないと、いつまで経《た》ってもキスひとつできないよね」

　なるほど……。

「あとね。さっきの沙季《さき》の答えだけど、もうひとつ例外があるわ」

「え？」

「相手に自我がない場合。何が好きで何が嫌いかが全く存在しない。あらゆる夫の要求に対して何を言われても従う妻の場合は衝突は起きないから、問題が発生しない」

　言われたことがあまりにもあんまりな内容だったんで絶句した。

「それって。そもそも衝突が起きないことが問題なんじゃ……」

「いいところに気づきました。そうなの」

　ううむ。

「ちなみにこれは男女を入れ替えても同じ。どんな君の要求にも応えてあげたい、なんて彼氏に言われたら、楽だけれど、女のほうから見たら男に自我がないように見えて困るでしょうね」

「困ると思う。本人自身の好き嫌いがわからないってことだから」

「そういうことね。まあ、そんな例外の場合は今は考えなくてもいいかな。だって、そもそも沙季はそういう性格じゃないし。たぶん沙季のお相手になる人だってそうだと思うから」

　そう、だね……。

はっ。ちがうちがう。

「一般論だってば」

「はいはい。一般論です。エゴであっても、相手にそれを受け入れる用意があるのなら、問題にならないっていうこと？」

「……話、戻すけど。」

「そのとおりね。でも、相手がそれを受け入れる用意があるかどうか、相手の心を読めるわけじゃないから、実際にはトラブルが起きるでしょうね」

ああ、そうか。

人間はそれぞれ固有の自我をもっているわけだから、人間同士の思惑が同時に、完璧に一致するなんてありえない——んだっけ。

「じゃあ、やっぱりエゴの押し付け合いはダメなんじゃ……」

「最初からそう言ってるわよ」

「ぐ」

なんかずるい。

母はにこっと笑いながら言う。

「沙季はそういうエゴをぶつけられて困ってるの？　それとも沙季がぶつけたいと思ってるの？」

「ええと……どっちかっていうと——じゃなくて、一般論！」

「そもそも私だって、最初から押し付け合いなんてダメだって言ってたし。私はあの人のそういうところが好きになれなかったんだもの」

言い放った途端に母の表情が昏《くら》くなり、私ははっとなって声のトーンを落とした。

私と母の間で「あの人」という言い方をしたら、それは「実父」のことだった。

「お母さんのことも思いやれずに自分自身の一方的な傷だけを主張して、怒りをぶつけてくるなんてありえないって思う。私だったら、絶対好きになれない」

言えば、お母さんが哀《かな》しむのはわかっていても、いちど口を開いたら止まらない。母のかつて愛した人に対する言葉としては言い過ぎだとは思う。けれど、小学生のときの私にはそれくらい嫌なことだったのだ。

「あの人も嫌われたわねぇ」

母がやれやれと溜息《ためいき》をつく。

「でも、わたしが離婚したのは、あの人に自分勝手なところがあって愛情が消えたから、というわけではないのよね。だって、そんなの付き合ってたときからわかってたことだし」

あんなふうにわがままで、エゴイスティックな部分があるなんてことは、結婚する前からわかっていた。だけど好きになるかどうかには、そういうマイナスなことがあるかどうかってあんまり関係ない。駄目なところがあったら愛せないとかそういうことではないのだと母は言う。もちろん立派だから愛せるというものでもない、と。

「ダメだから好きっていうのとは違うわよ？　許容できる範囲かって話ね」

そもそも人間なんて一緒にいたら大なり小なり互いの嫌な部分、嫌いな部分なんて見えてくるもの。それを許し合えるかどうかが関係が長続きするかどうかの境であって、駄目な部分がゼロなんてことはありえないし、べつに駄目なところがあったくらいで愛情は変わらないのだという。

「得したいから好きになるわけじゃなくて。好きになるっていう行為がそもそもお得だってわたしは思ってるし。だから誰かを好きになれただけで、わたしはだいぶお得感を感じちゃってるから、ちょっとのことじゃ不満を感じないかな」

「お母さん、そんな恋愛観だったんだ……」

そう言ったら、なぜか母は嬉《うれ》しそうな顔になった。

「うふふ」

「なんで笑ってるの」

「だって、娘とこういう話をするの夢だったんだもの。沙季《さき》ちゃんも恋バナのできる歳《とし》になったのねぇ」

「私の話とかしてないんだけど」

「はいはい」

なんだか体よくあしらわれてる気がする。

「でも、私はあの人のエゴが嫌いだった。お母さんは、よく付き合えたなって思う」

「わたしの場合は、人間は誰でも自分勝手だって思ってるからかなぁ。あの人も、わたしもね。だったら、相手の勝手な部分を受け入れられるかどうかって話になるでしょ」

「気にならなかったの？」

「わたしにとってどうでもいいところはいくらでも譲っても平気だもの。でも、あの人だってあらゆるところで身勝手だったわけじゃないわよ。だって、わたしがバーテンダーの仕事を始めたときに反対しなかったわ」

私ははっとなった。

言われるまでそこに気づいていなかったのだ。


母が紅茶のお代わりを淹《い》れてくれるのを待ってから話を再開した。

その間に私は過去のことを思い出していた。

あの人――実の父が事業に失敗したのは私が小学校の低学年の頃のことで、家計が苦しくなったときに母は自分も働きに出ると言いだしたのだった。

そして母が見つけてきた仕事が渋谷《しぶや》のバー勤め。

昼夜のひっくり返る仕事だし、酔客相手の商売なのだから、自分の妻が勤めると言い出したらもしかしたら嫌がる旦那だって居るだろう。実父も諸手《もろて》を挙げて賛成していたわけではない。それは覚えている。けれど、苦虫を噛《か》み潰《つぶ》すような顔をしつつも母が勤めることに反対はしなかったのも事実だった。

反対して止めていたら、その後のあらゆることは今のようにはなっていない。

確かに母に言われるまで私はそこに気づいていなかった。

「太一《たいち》さんもそうだけれど、わたしは好きなものは好き。嫌なものは嫌って言ってくれる人のほうが付き合いやすいっていう性格なの。もちろん、わたしが許容できないところで突っぱられたら、さすがに付き合えないってなると思うけど」

でも、あの人はそこまでではなかった。母はそう言った。そして、今でも嫌いになったわけではないとまで言ったのだ。あ、これは太一さんには内緒ね？　と茶目《ちゃめ》っ気ぽく片方の目を瞑《つぶ》りながら。

じゃあ、どうして別れたのか。

「んー。愛想を尽かしたというよりは、これ以上一緒にいたらあの人の方が辛《つら》そうだったから、かしらね。わたしは始めたお仕事が楽しくなってきたところでやめたくなかったし。そういう意味では譲れないところができちゃったってことかも」

言われた言葉の意味を咀嚼《そしゃく》して、私はそういうことかと理解する。

「そっか。結婚した後になってから、ぶつかるところができちゃうこともあるんだ……」

「人間は時の流れと共に変わるから。すり合わせられないところができちゃったら、別れるしかないかもねぇ。あと、沙季《さき》を泣かせることが増えてしまいそうだったのも大きいわね。そこは見過ごせなかったかなぁ」

「私を？」

「あの人、子どもがわからないのよ。自分が弱い立場に立ったことがないから」

子どもの頃から挫折した経験のない人だったという。有名な私立の小学校を受験して受かり、中学も受かり、当然のように高校から一流と呼ばれる大学へと進んだ。就職してからも、あっという間に独立し、自ら起業してみせた。あまりにも順調な人生だった。

だから、弱い、に慣れていなかった。

「弱いに慣れてない……」

不思議な言い方だと思った。

「自分が強かった経験しかないから、自分にも弱いところがあるって知らずに生きてきてしまったのね。たぶん、人生で初めての挫折だったんだと思う。自分の弱いところを自分で認めることができなかった」

負ける立場に立ったことがないから、そんなときにどう振る舞えばいいのかもわかっていなかった。挫折のない人なんていないということが理解できなかった。弱者が理解できないから、子どもだろうが容赦しなかった。

「沙季《さき》は、わたしじゃなくてまだ子どもなんだから、もうすこしちゃんと面倒を見てあげてって言っても、理解できないみたいで」

「私は、あの人に怒られた記憶しかない」

「さすがにそこはわたしも我慢できなかったのよ」

そうだったのか……。

「だから、最初の質問に戻るけれど――」

　思考をさ迷わせていた私はその言葉にふたたび母を見た。

「――エゴにもよるけど、恋愛におけるエゴだったら表に出すこと自体は問題にならないのよ。というか恋人相手だったら出さないとダメね。だってそれは本人が何を望んでいるのかが伝わらないってことだもの。人間にはテレパシーはないから」

「それはわかるんだけど。でも……恥ずかしくない？」

　恋愛におけるエゴって、ほら……あまり人前で言えないものでしょう？

「それでも1回は相談が必要よ？　2回目以降は暗号でも決めておけば済むけど」

「暗号って」

「肩を3回叩《たた》いたらキスしてほしい、とか。決めておけばいいでしょ」

　いやいやいや。なんだそれは。

「お母さんってば……スパイ漫画の読み過ぎじゃない？」

　はっ。まさか。

　そんな取り決めを太一《たいち》お義父《とう》さんとしてるわけじゃないよね？

「さて、どうかなー？　あるかもよーないかもねー」

　ふふんと笑みを浮かべながら左右にゆれる母を見て、私は「子どもか！」と思わず叫んでしまった。

「まあ、それはともかくとして」

「ヘンなことを言い出したのはお母さんなんだけど」

あきれてしまう。

「だから、エゴが問題になるのは押しつけられたときなの。それも、本人の望んでいないエゴを本人の意思を無視して押しつけられたら、それはもちろんダメ」

ぴしゃりと母が言った。

ここまで理路整然と母が言うのを聞いたのは初めてだったかもしれない。

もしかしたら、それは私がそんな議論に耐えられるほど成長したと見てくれたのかもしれないなって思う。

ただ――。

「それなのに、なんでこのひと、生ハムの原木買っちゃうかなぁ」

「ぜったいおいしいってお薦めしてくれたのよ。ぜったいおいしいなら買わないと損だって思わない？」

「お母さんは家族の同意なしに高額の物は買っちゃだめだからね？」

「えー？　……高額っていくらからかしら？」

指先を顎に当てて首を傾《かし》げる母。

「まあ、生ハムの原木がぎりぎり」

「じゃあ、これはだいじょうぶね」

にこりとスコーンの入っていた箱を指さした。まさか――。

「これもお薦めされたから？」

「うんうん。でね。このスコーンにはぜったい、このクロテッドクリームが合うって教えてくれてね」

「しかも抱き合わせ販売⁉」

「ほんと、おいしかったぁ。ね、ね、おいしかったでしょ」

「それはまあ……うん」

まあ、スコーンとクロテッドクリームくらいなら、だいじょうぶか。

「ああ、そうだ。それと、今までの話は男女に関係なくよ？　いまどきは、そもそも恋人同士だからって男と女とは限らないけど」

わかるけど一般論だからそこまでは細かく議論しなくてもいいよ？

「沙季《さき》ちゃんのお相手が男の子とは限らないものね」

ぶっ。

スコーンを噴きそうになった。

「ごほっ、ごほっ。うぇ。喉にスコーンが絡んだ……」

「あらあらあら。図星だったかしら」

「ちがうって」

「もしかして沙季ってば、恋してるのかなーって思ってるんだけど」

ちーがーう！

いや、そっちは違わないけど、今までの話はあくまでも恋愛一般論だから！

じぃっと見つめられて、私は思わず目を伏せて紅茶を飲む。どうしよう。さすがに一般論を強調しすぎたろうか。

ちらりと上目遣いに母を見る。

うわ、なんだその表情は。覚えがあるぞ。恋バナを聞きたがるときの真綾《まあや》と佐藤《さとう》さんの目だ。

「ええと……」

「うんうん。お母さんになんでも話してくれていいのよ」

助けて浅村《あさむら》くん。ここに狩人《かりゆうど》の瞳をして娘の恋バナを引き出そうとしている恋愛熟練者がいます！

そもそも、ほんとのことを話されたらお母さんだって困るでしょうに。

困る、よね……？

でも――このままでもいいの、とも思う。

どこかでいつかは言わなくちゃいけないんだ。でも、浅村くんの了解を得ずに勝手に打ち明けるのはできないし。言ってしまって気まずくなるのも避けたいし。ああ、でも、このまま浅村くんとうまくいかずに終わってしまう可能性もあって、そうしたら言わないままでいたほうが、ふつうの義理の兄と妹に戻れるんだな……。

――ってなにを考えてるんだ、綾瀬沙季《あやせさき》。

なにも始まってもいないのに、もう終わったときのことを考えるなんて。

「まあ、私だって恋くらいするよ。うん」

「あらあら。それは現在進行形かしら」

「そんなの……想像にお任せするから。そうかもしれないしちがうかもしれないよ」

どきどきどき。

匂わせをしてしまった。

浅村《あさむら》くんとの関係を疑われたくないから、両親の前では恋愛話の欠片《かけら》すらしてこなかったのに。

心臓が痛いくらいに騒がしく鳴りだした。

けれど、母は私の言葉を聞いても、にこにこと笑顔のままで特に何を言うでもなく……

じぃっと見つめてくるだけ。

「わ、私、勉強に戻るね」

空になったお皿を食卓から片付けながら言って、そのまま自分の部屋に戻った。

ばたん、と扉を閉めて、私は自分のベッドに寝転がる。

破裂しそうだった心臓はやや治まってきたものの、どきどきはまだ止まらない。

「うわぁ……言っちゃった」

ごめん、浅村くん。匂わせしちゃった。

勝手に言っちゃだめだろうと思いつつ、どきどきしている心臓を感じて、私はちょっとした不思議な昂揚《こうよう》感も覚えてしまう。そうか、これが私のだめな部分……暗い部分のひとつなのかもしれない。

私は浅村くんのようにあそこまで理性的な人間じゃないのかも。

秘密の恋愛のこういうどきどき——嫌いじゃないんだ……。

枕に顔を埋《うず》めていると、速くなった動悸《どうき》が耳の奥のほうで鳴っている気がしてくる。

目を瞑《つぶ》りながら浅村くんの顔を思い描き、先ほどの母の言葉を思い返す。

『恋愛におけるエゴだったら表に出すこと自体は問題にならないのよ』

問題にならない。本当だろうか。

『というか恋人相手だったら出さないとダメね。だってそれは本人が何を望んでいるのかが伝わらないってことだもの』

言ってしまっていいのだろうか。

浅村くんと花火を見に行きたい。

けれど、言い出そうにも、ここ数日は浅村くんと通話はおろかメッセージのやりとりも少なくて、いきなりそんなことを打ち明けられない。

メッセージの文面だけ見ても、彼がとても必死になっているのがわかる。

合宿も折り返しで、疲れているのかもしれないな。ちゃんと休めているんだろうか。

私は、ふと思い出してスマホを操作して動画配信サイトを呼び出した。お気に入りの曲を履歴から再生させる。

雨音のような静かな音楽が再生された。

ローファイ・ヒップホップは勉強に集中するときにいつも流しているのだけれど、その曲はむしろヒーリングミュージックとして愛用していた。眠りにつくときに流しているといつの間にか寝てしまう。

疲れてるだろう浅村《あさむら》君に、これ、教えてあげよう。

私はスマホの画面で時間を確認する。

いつの間にかもう夕方と言っていい時間だった。でも浅村くんの合宿の時間割だとまだ講義が入っているはず。

「もうちょっと私も勉強しなくちゃ……」

勉強机に戻って再開する。

夜、浅村くんが夕食を食べ終えただろう時間を見計らって、短いメッセージを添えて曲のアドレスを送った。

その日は、何も返信が来なくて……。

翌朝になって起きたら、着信があった。

【ありがとう。とてもよく眠れた。助かったよ】

朝になってから送ってきたらしい。

よかった。役に立ったみたい。

そしてふたつ目のメッセージを読んで思わず息を呑《の》んでしまった。

【今日の夜、ちょっと話さない？】

嬉《うれ》しい。

夜が待ち遠しかった。

そして、その夜、浅村くんとＬＩＮＥの通話で会話しているときに、私は思い切って、
花火大会に行かない？　と切り出したのだった。

一瞬、驚いたように息を呑む音が聞こえた。

どきどきとまた心臓が跳ねる。

彼は勉強に集中したいと思っているはずだ。迷惑かもしれない。けど、私たちがもっと前に進もうとするなら、気遣いのすり合わせだけじゃなくて、こういうエゴのすり合わせもできるようにならないと。

断られたら断られたで、また次の機会を待てばいいのだ。言わないでストレスを抱えてもんもんとしつづけるのはもうやめよう。

でもどうか、噛《か》み合《あ》いますように。

答えが返ってくるまでのわずかな時間が永遠に感じられてしまう。

けれど、私の思っていたよりも遥《はる》かに早く浅村くんは言ったのだ。

『花火大会、行きたい。俺も綾瀬《あやせ》さんとふたりきりで遊びたいし』

はぁぁと思わず息を吐きだしてしまう。

そして、彼の言葉が「花火大会に付き合うよ」ではなくて、「行きたい」だったことに気づいた。それは受け身の言葉じゃなくて、彼の意思だ。

「私も！　私も浅村《あさむら》くんとふたりきりで遊びたい、だから……」

『うん。行こう。詳しい場所とかは後で教えて。とにかく行くという方向でスケジュールを考えるよ』

無理はしないでね、と言いながらも頰《ほお》の緩むのを止められなかった。

そのあと、すこしだけお互いの近況を話してから通話を切った。

ひさしぶりに彼の声をいっぱい聞けて嬉《うれ》しかったな。

――そうだ、真綾《まあや》に断りの連絡を入れておかなくちゃ。

LINEを送る。

【ごめんね。花火大会、私と浅村くんは不参加で】

同じ花火大会に行くのだから、もしかしたら現地で会ってしまうかもと気づいたのは、メッセを送ってからで。あとで浅村くんと相談しなくちゃいけないなこれ。

そうだ。お母さんに浴衣を出してもらわなくちゃ。

●エピローグ　浅村悠太《ゆうた》

トランクに入った荷物を足下に置いて立ったまま、揺れる電車から窓の外を見つめる。

雲ひとつなく良い天気だ。

合宿最終日の講義は午前中だけで、閉会式を済ませると現地で解散だった。そのまま電車で渋谷《しぶや》へと戻っている。

いい合宿だったな……。

胸の奥で充実感を噛《か》みしめる。

あの夜——綾瀬《あやせ》さんから教えてもらった音楽を聴きながら眠ってしまった夜を境にして、肩に入っていた力がすとんと抜けたような気がする。

合宿の後半は滅茶苦茶《めちゃくちゃ》集中できた。

藤波《ふじなみ》さんから聞かされた自己肯定感の話は目から鱗《うろこ》だった。

元々低い自己評価と相まって、俺はすっかり自信を喪失していた。そして綾瀬さんからの愛情を失わない為《ため》には必死になって良い成績を取らねばと思い込んだわけだ。

そうして欲しい、などと綾瀬さんから一度も言われたことなんてないのに。

それを裏付けるかのように、彼女から送られてきたメッセージの最初のひとことは、俺の健康を気遣う言葉だった。なのに俺は自分の体の調子さえ気にせずに、無理をしていたわけで。恥ずかしいったらない。

なによりも――。

「人生は自分の為《ため》、か……」

そう言い張る藤波《ふじなみ》さんだって、恩人や彼女に似た境遇の人たちの為に大学を選ぼうとしているわけだ。

ただ、その道を選ぶことに対して、誰かの為という言い訳を使わないだけで。

何のために勉強するのか。

俺もその言い訳に他人を使うのはやめようと思った。

それでは（考えたくもないことだが）綾瀬《あやせ》さんを失ったら、俺は受験勉強をやめてしまっていいことになる。それはどう考えてもおかしいだろう。

いいこともわるいことも人生には起こる。

そして事が終わったあとにも人生はつづく。

いつか老いて倒れて朽ちるとしても、それまで俺の人生はまず第一に俺の為にあるのだと考えたほうがいいのだ。それを見失って他人の為と言い出したら、自分の失敗を言い訳に使ったり他人になすりつけてしまうようになるだろう。

俺はようやく気づいた。

それが実母がしていたことなのだと。

あの人は、俺が受験に失敗したことを、まるで自分の瑕疵《かし》であるかのように受け取っていた。受験をしていたのは俺で、失敗したのは俺なのに。

あの夜。ゆっくり寝て起きたら、なんだか憑《つ》き物《もの》が落ちたようにすっきりとした気分になっていた。

翌日は講師の声だけに集中して講義を聞くことができて、模試でも周りの受講生たちの振る舞いが気にならなくなった。

その晩に綾瀬さんから花火大会の誘いを受けたとき、俺は迷わずに「行きたい」と告げたのだった。

あの夜までのまま自分の振る舞いのおかしさに気づかず、綾瀬さんの為にと言い訳していたら、逆に断っていたかもしれない。

花火大会は今夜。帰ってすぐに支度しなければ間に合わない。休む間もないが、電車の窓越しに傾いた日差しを受けながら疲れとは別の昂揚感《こうよう》を覚えていた。

俺は俺の為に綾瀬さんとふたりきりの夏の思い出を作りたい。

狛江《こまえ》・多摩川《たまがわ》花火大会。

毎年8月の上旬にあるその催しは、狛江側から見られる会場と川崎《かわさき》側から見られる会場がある。俺と綾瀬さんは狛江のほうに行くことにした。

渋谷《しぶや》からだと、新宿駅に出てから小田急線に乗り換えれば狛江まで40分ほどで行ける。

家に戻ると、綾瀬さんが浴衣に着替えて待っていた。

そうか、夏祭りと言えば浴衣か——と、遅ればせながら気づいた。浴衣ならば俺も持っていることは持っているのだが、出不精の俺はほとんど袖を通したことがない。そもそもどこに仕舞《しま》ったかな、と思ったら、ちゃんと綾瀬《あやせ》さんは親父《おやじ》から聞きだして用意していてくれた。

大急ぎで着替えるはめになった。

綾瀬さんとは1週間ぶりなのにロクに再会の感慨に浸る暇もない。彼女の浴衣の柄さえ見ている余裕がないほどのばたばたぶりだ。

多摩川《たまがわ》の河川敷に着いた頃には、もう人混みでいっぱいで、俺たちは川べりを歩きながら花火を見上げる場所を探すことになった。良い場所はもう確保されてしまっているだろうが、空いっぱいに打ちあがるなら見えないことはないだろう。

からころ鳴る下駄《げた》の音を共にして俺たちは祭りの会場を歩いた。

屋台を回りながら花火の時間を待つ。

6時を過ぎると日が落ちて辺りが徐々に暗くなる。風景が薄墨を流したように色を失っていく。夜の女王の黒の裳裾《もすそ》が空をゆっくりと覆っていった。

人の波はますます増していて、歩みも遅々として進まなくなる。売り買いの声が飛び交い騒がしい。隣を歩く綾瀬さんにも声を張り上げないと聞こえないほどだった。

「綾瀬さん、手。はぐれちゃいそうだし」

伸ばした手を綾瀬さんが掴《つか》んでくる。

きゅっと握ってくる手を握り返しながら、俺は彼女の歩みに合わせてゆっくりと歩いた。

通りの両側のあちこちにくくりつけてあるスピーカーから、がりがりという音が鳴ってからアナウンスが入った。間もなく花火が打ちあがるというお知らせで。

間を置かずに最初の一発がいきなり上がった。

どおん、という大砲のような音がしてから、ひゅるひゅると光の玉が空へと昇っていった。ぱあんと破裂して夜空に光の華が咲く。

おお、と歓声があがる。

どこかで昔なつかしい「たまやぁ」の掛け声を叫ぶ男性がいた。

子どもたちの笑い声と、「きれーい！」「すごいな」とあちこちから感嘆の声が聞こえてくる。

それを合図にしたかのように次々と大小色とりどりの光の華が夜空に咲き始めた。

火薬の匂いが立ち込め、地上からのライトの光を反射して風向きに合わせて煙の粒子が川面《かわも》を流れていくのが見えている。

くいくいっと手を引かれた。

綾瀬さんが何か言っている。

周りの音が騒がしくて聞き取りづらい。俺は耳を彼女のほうへと寄せた。

「あのね。ごめん、ちょっといろいろと勝手なことしちゃった」

「え？」

「ばたばたしてて言いそびれてたんだけど……」

俺の寄せた耳にささやくように綾瀬《あやせ》さんが言う。

小園《こぞの》さんに自分たちの関係を打ち明けたこと、亜季子《あきこ》さんに匂わせ発言をしたことを告白してきた。あなたと相談しなかったけど、と。

言い終えてから俯《うつむ》いている。

「ごめん」

ぽつりと地面に向かってそう零《こぼ》した。

今度は俺が彼女の耳に口を寄せて言った。

「それを言ったら、俺もだよ」

え？　という顔。

「俺も、読売《よみうり》先輩に俺たちのことを話しちゃったんだ。言いそびれてて、ごめん」

「そうだったんだ」

でも、付き合ってることを秘密にしよう、なんていうこと自体がそろそろ無理になってきているのかもしれない。

たぶん、これが最後じゃない。だからちゃんと決めておかなきゃな。

「俺はさ、綾瀬さんが打ち明けたこと気にしてないから。亜季子さんや親父《おやじ》にだって、いつかは話さなきゃいけないことなんだし」

それもそう遠くないうちに。

「そう……だね。私も浅村《あさむら》くんが打ち明けたこと気にしない、から。でも、もしかしたら、また勝手なことをしちゃうかもしれないって思って。だから……嫌だって思ったら、言ってね」

それを言うなら俺もだよ。

ああ、今なら実感としてわかる。彼女は勝手なことをした、自分が迷惑をかけたと思っているみたいだけれど。その勝手は俺には許容範囲だった。

「少なくとも今はそんなことで嫌になったりしないから。ああ、ちがう――」

こんなときに伝える言葉はそんな言葉じゃないはずだ。

適切な言葉。たった2文字の言葉。

わざわざ文字にして遺《のこ》すのも無粋な、ふたりにとって、もう、ありきたりになった言葉を口にする。

はっとなって俯いていた彼女が顔をあげる。

見上げてくる綾瀬さんの瞳の中に咲いている光の華。夜空に輝くその華を遮るように俺の顔が映っていた。

ただここにいるだけで俺の存在を受け入れてくれる瞳を、俺は、ただそこにいるだけの彼女を受け入れるつもりで、見つめ返す。

夏の終わりの手前で、俺と綾瀬さんは、束《つか》の間《ま》の永遠を噛《か》みしめていた。

あとがき

小説版「義妹《ぎまい》生活」第10巻を購入いただきありがとうございます。YouTube版の原作&小説版作者の三河《みかわ》ごーすとです。恋愛生活小説と銘打ち、二人の関係を丁寧に描写してきた本作も早くも二桁巻数の大台を突破しました。1巻の発売からもうこんなに時間が経《た》っているのかと驚くばかりですが、読者の皆様はいかがお過ごしでしょうか。

この巻は夏休みならではの楽しいイベントが多めとなっています。バイト先の仲間とのキャンプは車での遠出だったり、水着もあったり、義妹生活シリーズのなかでも特にドキドキするような場面、イラストの多い巻だったのではないでしょうか。登場人物たちの、可愛《かわい》いところ、魅力的なところをたくさんお見せできたのであれば幸いです。

一方で悠太《ゆうた》の受験生ならではの悩みを描いた場面もあります。勉強に対してトラウマに近い過去を持ちながら、その問題に彼なりに向き合い、克服し、前に進んでいきます。それは現実においても受験や進路決定における数多ある回答のひとつです。もちろんすべての人に正しく適用されるわけではありませんが、もしこれから受験や人生の岐路で悩んでいる方がいましたら、こういう向き合いかたもあるんだなと思ってもらえたらいいなと思います。より幸福な人生を送れますように。

そういえばシリーズ累計発行部数が60万部を突破したそうです。1巻刊行当初から支えてくださっているファンの皆様が熱心に推してくださっているおかげか、最近になって興味を持ち始めてくれた方も大勢いらっしゃるようです。本当にありがたいお話です。

ＴＶアニメ化の詳細についてもそろそろ発表されていくと思います。こちらも続報を楽しみにお待ちくださいませ。

それでは、謝辞です。イラストのHitenさん、YouTube動画版でお世話になっている声優の中島由貴《なかしまゆき》さん、天崎滉平《あまさきこうへい》さん、鈴木愛唯《すずきあゆ》さん、濱野大輝《はまのだいき》さん、鈴木《すずき》みのりさん、ディレクターの落合祐輔《おちあいゆうすけ》さんをはじめスタッフの皆様や関係各社の皆様、担当編集のOさん、漫画家の奏《かなで》ユミカさん、すべての出版関係者の皆様。いつもありがとうございます。

そして何よりもここまで読んでくださっている読者の皆様に最大限の感謝を述べさせてください。

以上、三河ごーすとでした。

※2024年1月時点の情報です。

2024年夏発売予定。

いっぽう沙季は〝ある人物〟の影響で恋人としての
〝もう一歩進んだスキンシップ〟に興味を持ち始める。
愛情表現を知る
触れ合いの
自己分析、
やりたいこととやるべきこと、
音楽ライブデート、
はじめての○○、文化祭。
恋愛
生活小説
第11弾。

『義妹生活』第11巻

MF文庫J

義妹生活 10

2024年 1月25日　初版発行

著者　三河ごーすと

発行者　山下直久

発行　株式会社 KADOKAWA
〒102-8177 東京都千代田区富士見 2-13-3
0570-002-301（ナビダイヤル）

印刷　株式会社広済堂ネクスト

製本　株式会社広済堂ネクスト

©Ghost Mikawa 2024

Printed in Japan　ISBN 978-4-04-683233-7 C0193

◎本書の無断複製（コピー、スキャン、デジタル化等）並びに無断複製物の譲渡および配信は、著作権法上での例外を除き禁じられています。また、本書を代行業者等の第三者に依頼して複製する行為は、たとえ個人や家庭内での利用であっても一切認められておりません。
◎定価はカバーに表示してあります。

●お問い合わせ
https://www.kadokawa.co.jp/（「お問い合わせ」へお進みください）
※内容によっては、お答えできない場合があります。
※サポートは日本国内のみとさせていただきます。
※Japanese text only

◇◇◇

【ファンレター、作品のご感想をお待ちしています】
〒102-0071 東京都千代田区富士見2-13-12
株式会社KADOKAWA　MF文庫J編集部気付「三河ごーすと先生」係「Hiten先生」係

読者アンケートにご協力ください！

アンケートにご回答いただいた方から毎月抽選で10名様に「オリジナルQUOカード1000円分」をプレゼント!! さらにご回答者全員に、QUOカードに使用している画像の無料壁紙をプレゼントいたします！

■ 二次元コードまたはURLよりアクセスし、本書専用のパスワードを入力してご回答ください。

http://kdq.jp/mfj/　パスワード　czu2v

●当選者の発表は商品の発送をもって代えさせていただきます。●アンケートプレゼントにご応募いただける期間は、対象商品の初版発行日より12ヶ月間です。●アンケートプレゼントは、都合により予告なく中止または内容が変更されることがあります。●サイトにアクセスする際や、登録・メール送信時にかかる通信費はお客様のご負担になります。●一部対応していない機種があります。●中学生以下の方は、保護者の方の了承を得てから回答してください。